俳句日記2020

二十三世

本井 英

nijyusansei
Motoi Ei

ふらんす堂

一月

一月一日（水）　【季題＝初空】

高濱虚子に、「初空や大悪人虚子の頭上に」という句があり、さまざまの人が「大悪人」の措辞について語っている。虚子という人物にはじめから好意を抱かない人々にとっては恰好の材料となる作品なので、かえって人気があるのだろう。「いはんや悪人をや」の言い回しから察すれば、結構「普通の人」の意味にもなる。私の住まう逗子の「初空」は陸の上に半分、海の上に半分。

陸を祝ぎ海を祝ぐなり初御空

一月二日（木）　【季題＝食積】

お正月二日。もう十年以上ホームに暮らしている先妻の母親を招いて「お正月」を祝う。松本に嫁いでいる長女一家、藤沢に住む次女一家、鎌倉に住む姉、それに私と妻と、今年から本井を名乗ることになった倅と。「ウナ」と「ハモ」の猫二匹。
数年前、雪の会津に遊んだ折りに「衝動買い」をした会津塗りの「お重」、垂れ梅の意匠が気に入っている。そうなると「食積」がさらに楽しい。皆さんのお宅の「食積」にはどんなお料理が入るのでしょうか。

寝そびれてをりて食積せせるかな

初夢の中や絶体絶命に

一月三日（金）　【季題＝初夢】

何度聞いても良く分からないのが「初夢っていつ見るの？」。大晦日からお元日の間に見るのが、いかにも普通だが、お元日は「眠らない」ということを言われるとなるほどと思ってしまう。それならお元日から二日にかけて見るのが「それらしい」が、世間での主流は二日の晩から、三日にかけて。

虚子の初めての小説と言われているのが「初夢」（のちに「元日の衣ちゃん」と改題）。明治三十一年一月号の「反省雑誌」（後の「中央公論」）に載った。原稿料は六円。虚子二十四歳、長女真砂子の誕生が迫っていた。

一月四日（土）

【季題＝年賀状】

若い頃は「年賀状」なんぞ、如何にも虚礼であると軽視していた。しかし、それなりに年をとってみると「年賀状の遣り取りだけの間柄」というのも、面白いものだと思うようになった。世界には何十億という人々が暮らしている中で、毎年数百人の人とは、お互いに生きていることを確認し合う。

この年賀状の遣り取りの輪から自分だけが外れる、そんな「お正月」の遠からず来ることをふと思う。

吟味するごと裏返す賀状かな

【季題＝歌留多】

一月五日（日）

昔は娯楽が少なかったのであろう、お正月といえば「歌留多」をとった。私が育った鎌倉の家でも、結婚して逗子の今の家に住まうようになってからも、お正月の夜分、ご近所の家と招き招かれ「歌留多」をとったものだ。

勤め先の高等学校は男子生徒ばかりであったが、私の古典の授業ではよく「歌留多」をとった。黒岩涙香創始と伝えられる「競技歌留多」のルールでトーナメントを行うと結構熱くなる生徒もいて、中には種村貴史君のように、その後、近江神宮で永世名人にまでなった者もいる。

うた歌留多うしとみしよは憂きままに

一月六日（月）　【季題＝寒雀】

今日は「小寒」、二十四節気の一である。そして今日から「寒」に入る。「寒」のついた季題もいろいろあるが、同じ「寒」でも「寒中の」の意味のものと、単に「寒々とした」の謂いのものとがある。「寒の水」、「寒造」、「寒餅」、「寒紅」、「寒詣」、「寒灸」、「寒稽古」、「寒復習」、「寒声」、「寒卵」、「寒鯉」、「寒鴉」、「寒雀」、「寒梅」は前者。「寒月」、「寒灯」、「寒牡丹」、「寒菊」、「寒椿」、「寒木瓜」、「寒星」、「寒林」「寒禽」は後者。

身にそひし町暮らしかな寒雀

一月七日（火）　【季題＝薺粥】

人日は五節句の一。正月七日のことで「七種粥」を作る。「七草なづな唐土の鳥が日本の土地に渡らぬ先に」と囃しながら「七草」を刻むことになっているが、今ひとつ意味が分からない。しかし考えてみれば「意味の分からない」ところにこそ呪文のありがたみがあるわけで、何でも合理的に納得しようというのは現代人の思い上がりかもしれない。

慶大俳句の若い仲間達が毎年この日に訪ねてくれたのはいつ頃までだったろう。

よそはれしままに冷めけり薺粥

一月八日（水）

【季題＝猿曳】

「歳時記」の新年の項に「猿廻し」があり、「猿曳」ともいう。「万歳」と並んで、正月の門付け芸として親しまれている。しかし「万歳」は正月の街角に見かけた記憶があるが「猿廻し」については残念ながら無い。猿は馬の病を除くと信じられていて、新年の門付けも「厩」が中心ということであるなら、私の住む逗子あたりの正月では見かけぬわけだ。「芭蕉七部集」中「猿蓑」の「市中の巻」に、「僧やや寒く寺に帰るか　凡兆」「猿引きの猿と世を経る秋の月　芭蕉」「年に一斗の地子はかるなり　去来」この「猿引き」は無季ということらしい。今も、浅草の三社様にはいつもいる。

猿曳や若き身空を薄着にて

一月九日（木）
【季題＝マフラー】

二年前に「咽頭癌」を患ってから酒はふっつり止めた。もともと酒には弱い体質なのに無理して呑んだからいけなかったらしい。しかも濃い酒が好きだった。
もう五十年くらい前に、新橋に「ウオッカ屋」とか謂うバーがあって、しばらく通った。酒は「ウオッカ」と「ズブロッカ」だけ。おつまみは「松の実」くらいしか無かった。薄暗い店を守っているのは老夫婦。当時は何故か、それが「格好いい」ような気分だった。その後も「泡盛」だの「焼酎」だのをよく飲んだ。今でも、一寸夢に見ることがある。

マフラーを鼻まで巻いて夜の町を

一月十日（金）

【季題＝水餅】

昔の「お餅」はラップなどに包まれていなかったから、正月も十日くらい過ぎると青々とした黴が生え始めた。その黴を防ぐには甕に寒の水を張って、その中に沈めて置く。これが「水餅」だ。その冷たい水に手をつっこんで取り出し、布巾で拭いて焼網に載せる。

番町句会という俳句会でご一緒の落語家林家木久扇さんに伺った思い出話し。

ある日、林家彦六師匠のお宅で、お餅の黴を取り除きながら、木久扇さん「師匠。どうしてお餅に黴が生えるんですかねえ」。それに対して彦六師匠「バカヤロー、ハヤク食ワネーカラダー」。

水餅や流しの下の暗がりに

一月十一日（土）

【季題＝雪】

噴泉にまぬかれがたく雪降り込み

昨日ご紹介した番町句会には、司会者として活躍された土居まさるさんも主要メンバーとして参加しておられた。気さくな良い方だったが惜しくも癌で早世された。秋田県の玉川温泉に逗留して治療に励まれたが、そんな折り「動くもの枝を離るる雪ばかり　がんこ（土居さんの俳号）」という句を詠まれた。吹雪がやんで雪晴れの朝を迎えた湯治宿。朝日が昇るに従って、あちらの枝からも、こちらの幹からも「雪」が落ちる。真っ白な静寂の景色の中で「雪ばかり」が「動くもの」として「枝を離」れていったのである。土居さんは、その「雪塊」に「この世」を離れていくご自身を見てしまったに違いない。その後、私は二度玉川温泉を訪れた。一回は雪の中で土居さんを偲ぶため。もう一回は私自身も同じ病を養うため。

一月十二日（日）　【季題＝左義長】

今日は大磯町の「左義長」、「どんど焼き」の日である。世間一般では「吉書揚げ」とも言って、それぞれの神社などに子供達も集まって、その火で餅を焼いたりする。ところで大磯の左義長は夜の浜での「火の祭典」。四百年続いている町を挙げての一大イベントである。その年の豊漁を祈念しての「やんなごっこ」という綱引きも見ものの一つ。去年から大磯町鳴立庵二十三世庵主を拝命した身としては是非とも拝見に伺わざるを得まい。日の暮れるのが楽しみである。

どんど焼きに浜の夜空の焦げに焦げ

一月十三日（月）　【季題＝成人の日】

今年は今日が「成人の日」なのだそうな。かつては一月十五日と決まっていて、暦の「小正月」が、「成人の日」という祝日に衣替えをしたという印象であった。戦前までの「数え年」ではお正月に一斉に「一つ」年を取る。つまり正月が、ある意味全員の「誕生日」でもあった。そんな意味合いも「成人の日」にはあったのだ。ところが今では「ハッピーマンデー制度」（連休になると人々がお金を使って経済効果が上がるという）とやらで、「一月の第二月曜日」と定まった。つまり一月八日から十四日の間のどこかなのである。「第三月曜日」にすれば「十五日」も含まれるのであるが、そうすると「一月十七日」の年もあり得る。ところが「十七日」は「阪神淡路大震災」の日にあたり、「お祝い処では無いだろう」という異論が出て「第二」になった由。あまりに目先の事を重んずる制度作りに「悲しみ」を覚えると同時に、「荒れる成人式」も宜《むべ》なるかなと納得する。

しらじらと成人の日も晴れわたり

一月十四日（火）　【季題＝枯芝】

昨日、「数え年」に触れたが、生まれた時が「一歳」というのは、なかなか人間的とも言える。つまり、産まれ出るときには既に「一歳」という段階まで育っていますよ、と胎内での十ヶ月を織り込んであるともとれるからだ。ただし、これは「ゼロ」という概念があっての話。

人間の他に「数え年」なのは「お馬さん」。「ダービー」への出走資格は「明けて三歳」と決まっている。学齢のように四月二日からと強引に決めているものもあるのだから、みんなが一斉に一歳加齢するのも困ったことではない。

俳句仲間の女性Iさんは大の競馬ファン。吟行に現れない日はおおむね競馬場にいるらしい。

枯芝を逃げに逃げたり本命馬

一月十五日（水）

【季題＝小正月】

星野立子先生がお元気だった頃、一月十五日は立子を囲む若手の会、「笹子会」の新年句会の日だった。鎌倉笹目の俳小屋に伺って楽しい一時を過ごす。笹目の谷戸のどんづまりにある、藁屋根がその俳小屋。幹事役に成瀬正俊、佐藤石松子、長老格に藤松遊子、高田風人子、井上花鳥子、ご婦人では今井千鶴子、副島いみ子、嶋田摩耶子、若いのに杉本零、丸井孝、京極高忠、柴原保佳などといったメンバーが中心だった。私は飛び抜けて若い小僧だった。戦後の「虚子」の薫陶をも得て、「虚子」を伝えるべき人々であったのだが、果たして何を伝え得たか。

谷戸奥に藁屋根ひとつ小正月

一月十六日（木）　【季題＝絨毯】

我が家の猫、「ウナ」と「ハモ」は生後一年半の兄妹。牡の「ウナ」は白黒のハチワレですこぶる愛嬌があり、運動神経も発達している。それに対して牝の「ハモ」は地味な三毛であまり活発でなく、人に馴れたりはしない。しかも「鈍くさく」、猫のくせに平気で足音を立てて歩く。ところが、そこがたまらなく私には魅力的なのだ。

絨毯にこぼす足音猫のくせに

一月十七日（金）　【季題＝初芝居】

お正月のお芝居が「初芝居」。江戸では必ず「曾我もの」が上演された。元禄十五年の赤穂事件が勃発するまで「仇討ち」といえば「曾我兄弟」。その兄弟の無念を想い、その鎮魂を願っての上演であった訳だ。吉原を闊歩する不良青年「助六」も実は「曾我の五郎」のやつした姿なのだが、江戸のご婦人達は、その「不良っぽさ」にすっかり心を奪われたらしい。この曾我の物語を全国に広めたと思われる人物が十郎の愛人「大磯の虎」。その像が大磯鳴立庵にはある。

書き割りの富士はしけやし初芝居

一月十八日（土）

【季題＝寒鯉】

寒中の鯉はいたって美味であると歳時記類にはある。しかし俳人の多くは味覚で楽しむ「鯉」より、池や川に屯している鯉を見かけた印象。「寒鯉の雲のごとくにしづもれる　青邨」にはいかにも実感がある。

寒鯉のブルーブラック日がつつみ

一月十九日（日）　【季題＝寒鮒】

虚子の「武蔵野探勝会」第六回（昭和六年一月十八日）は「寒鮒釣のゐる風景」。執筆は山口青邨。あまり下準備をせずに流山まで出掛けた一行は「寒鮒」に出会うことなく、江戸川を渡し船で渡るばかりであった。折から芦刈作業に出会った虚子は「萱の火は蘆の火よりも尚ほ弱し」の名吟をものした。吟行とはそんなもの。

枝川のその枝川の寒鮒を

一月二十日（月）

【季題＝大寒】

「直樹の周旋で正月の十一日に入院したが十六日に亡くなった。『病気はインフリユエンザなんだけれど何にせよ体を毀してゐたんだから。』と医者は言つた。」虚子の小説『杏の落ちる音』の終末部分。放蕩者の緑雨は、もと掘の芸者お紫津に何もかも吸い尽くされて命を落とす。約三十年後の昭和十五年、虚子は「大寒や見舞に行けば死んでをり」と、その緑雨を脳裏に描きながら詠んだ。

大寒のわが靴音を地に残し

一月二十一日（火）

【季題＝スキー】

志賀高原石の湯ロッジの社長、Sさんとは、同い年の親友である。スキーが上手いのは当然としても、ハンググライダー、ダイビングなどなど楽しいことなら何でもお手の物。その上、すばらしく美男子で心優しい。このロッジに私が初めて伺ったのは昭和三十五年のこと、ちょうど六十年経ったことになる。

灯ともりて谷に一軒スキー宿

一月二十二日（水）

【季題＝雪女郎】

雪が消える春から秋、雪女郎はどうしているのだろう。私は彼女の秘密を知っている。実は彼女は春雷を耳にすると、山奥の滝に戻り、劫を経た岩魚に戻って滝壺深く潜っていくのだ。そして再び雪が根雪になるころ滝壺から静かに浮かび上がってくる。私は怖ろしいまでの大岩魚が雪女郎に変身する瞬間を見たことがある。

滝道を足跡もなく雪女郎

一月二十三日（木）

【季題＝風花】

もう二十年以上も前、ジュネーブへ現地の大学に奉職するK君を訪ねたことがあった。古く落ち着いた旧市街を歩いているうちに風花が舞いはじめ、とっさに近くのカフェに避難、そこで注文したのが「ヴァン・ショ（温めワイン）」だった。その日は同大の日本語科の学生に俳句の話をし、翌日は虚子門の女流俳人ミュラー初子さんのお嬢さんをその湖畔の別荘にお訪ねした。

風花のはづみころがり旧市街

一月二十四日（金）　　　　　　　　　　　　　　【季題＝避寒】

「避寒」と言えば西園寺公望公の興津を思い浮かべる人が少なくないだろうが、わが町逗子も、穏やかな逗子湾のお陰で冬の居心地の良さはなかなかだと満足している。浜の長さは八百メートル、散歩で往復するに手頃だ。お近くにお越しの節はご一報下さい。

海ありて丘もかなひて避寒の地

一月二十五日（土）

【季題＝旧正月】

今日は旧暦の正月。東アジアで、この日を見向きもしないのは日本だけ。見事と言えば見事。テレビなどを見ていると「今日は中国のお正月、春節。中華街ではこの日を祝って爆竹が鳴り響き、獅子舞が練り歩きます」などとエキゾチックな行事としておもしろがる。西洋の国々との付き合い上「新暦」を採用したのは仕方のないことだったが、それまでの「暦」をすっかり忘れ去る日本人を私はあまり信用しない。

歩道橋から旧正の富士望み

一月二十六日（日）　【季題＝日脚伸ぶ】

一年で一番日没が早いのは十一月末から十二月の初め。東京では午後四時二十八分。その後日没は遅れ始め、冬至前には、すでに「日が伸び始めている」のである。一方、日の出は冬至が過ぎてもまだまだ遅くなって、一月上旬になって初めてマックスに至る。「寒」の最中、すでに日没が遅くなっていることに俳人は気付いている。「日脚伸ぶ」という素敵な季題のお陰で。

日脚伸ぶ中学校は丘の上

一月二十七日（月）

【季題＝寒牡丹】

鎌倉の八幡様は馴染みの場所。戦後の荒廃の頃から、よく知っている。もちろん「太鼓橋」も普通に通れた。その後、観光地として整い始めて「神苑ぼたん庭園」も出来た。「寒牡丹」、美しいのだけれど何となく馴染めないのは何故だろう。

また次の寒牡丹へと歩をはこび

一月二十八日（火）

【季題＝探梅】

「探梅」というのは「もう何処かで梅が咲いているかしら」と思って探し歩くこと。「咲いているから見に行きましょう」ではない。本当は「梅」を楽しむのではなく、春を待つ自分の心持ちを楽しんでいるのではないだろうか。

電柱に掲ぐ町名梅探る

一月二十九日（水）

【季題＝竹馬】

「竹馬やいろはにほへとちりぐ〳〵に」は三社様で句碑にまでなっている久保田万太郎の傑作。古く仮名文字のオーダーは「いろは歌」ばかり、江戸時代の辞書類も「いろは引き」だから、皆よく順序が判っていた。「と」瓜（糸瓜の別名）」のことを「へちま」なんて言う。「と」は「へ」と「ち」の「間」という洒落だ。

竹馬を休むや塀に尻もたせ

一月三十日（木）

【季題＝万両】

俳句を始めたばかりの頃、「万両」と「千両」の見分け方を教わった。「千両」程度の金持ちは人に見せたがるけど、「万両」となると隠したがる。だから赤い実が葉の上にあるのは「千両」で、「万両」は葉の下に隠れているのが「万両」だと。ずいぶん俗な話だなあと若かった私は反発を感じたけれど、それ以来ちゃんと覚えている。こうして先輩から教わった事柄のなんと多いことか。

腰高の万両を風過ぐるかな

一月三十一日（金）

【季題＝待春】

虚子の大正三年の句に「時ものを解決するや春を待つ」がある。方向さえ間違っていなければ「時」がすべてを解決してくれる。力強い言葉だ。花鳥諷詠の先輩で、同人誌「珊」のお仲間である今井千鶴子さんは「トキモノ」と言ってこの句の精神を大切にしておられる。さあ明日から二月ですぞ。

春を待つこころ齢を重ねても

二月

二月一日（土）

【季題＝碧梧桐忌】

河東碧梧桐は高濱虚子の最大のライバルだった。ある時期虚子は俳句のことは碧梧桐に任せてしまっていたが、思い直して俳句世界に復活、一方碧梧桐は紆余曲折を経て俳句の世界から足を洗ってしまった。大正九年から十年にかけて碧梧桐は欧米に暮らした。そこで彼は何を考えどんな日々を送ったのだろうか。もし私に小説を書く力量があるのならば書いてみたい人生だ。

とてあらば碧梧桐忌に参ぜんを

二月二日（日）　【季題＝初懐紙】

今日、大磯鴫立庵にて私の入庵を記念して「初懐紙」を巻く。連中は久保田淳先生を中心に、高橋睦郎、高橋保子、小澤實、中西夕紀、片山由美子の面々。宮脇真彦さんに捌きをお願いした。

三千風も立ち寄られかし初懐紙

二月三日（月）　【季題＝節分】

今日は節分。「ホンに今夜は節分か」と口ずさみたくなるが、これはお嬢吉三の「月も朧に白魚の……」につづく名台詞。それにしても江戸の観客は「三人吉三」のような不良譚が大好き、弱ったものだ。あの芝居、結末は結構悲惨なのに平気らしい。

節分の空の真つ暗そこしれず

二月四日（火）

【季題＝春立つ】

「霞の衣裾は濡れけり」・「佐保姫の春立ちながら尿《シト》をして」。俳諧の原点とも言える付け合いである。和歌的な「雅」の権威に対するアンチテーゼの精神が俳諧のエネルギーの源にあると言われる。婦人雑誌のグラビアに登場するような「ステキー！」な場面に対する、それほどでもない「現実」という方向性は、今も変わらない。

春立つやけさもダイヤはやや乱れ

二月五日（水）

【季題＝絵踏】

「踏絵」は踏まれる「絵」のことで、行事としては「絵踏」。禁教令が敷かれて時間が過ぎてからは年中行事となり、長崎では新年の一月四日から八日まで行われた。最終日は丸山遊郭の遊女達が素足になって「絵」を踏むので、その派手やかで美しい情景を一目見ようと見物人が群集したという。

ほそぼそと指の白さの絵踏かな

二月六日（木）　【季題＝梅】

毎年二月には熱海のＭＯＡ美術館へ光琳の「紅白梅図屏風」を見に行く。光量を絞った展示室に浮かぶ「紅白梅」に別れを告げて、大玻璃戸ごしに青々とした海原を見渡した時の不思議な爽快感が忘れられないからだ。

風のなかの梅を見てをり玻璃戸ごし

二月七日（金）　【季題＝春の水】

今日は久々の小春会。小春会というのは慶應女子高校のOG諸姉の俳句会。二十年以上も前に「アフターレクチュア」という簡単な講演会に呼ばれて、俳句のお話をさせていただいてからのご縁である。美しきレディー達のために不精者の私も、その日ばかりは髭を剃って伺う。

春水は鯉の往き来にゐくぼなす

二月八日（土）

【季題＝針供養】

淡島堂の境内に列をなすご婦人達。お俠《きゃん》なお姉さんも、もの静かなお嬢さんも、見ていて飽きない。昔は「お針子」という暮らしがあった。実は私の祖母も三越のお針子をしていたことがあったという。

針供養着飾るといふのと違ふ

二月九日（日）

【季題＝野梅】

今日は「新探勝会」。この会は月々、虚子の「武蔵野探勝」を追っかけて吟行の足を延ばしているが、今回は昭和十五年に「日本探勝」として虚子一行が訪れた三浦半島油壺が目的地。八十年前、虚子は「春の海入り込みこゝを油壺」と、ゆったりと寛いだ一句を残している。

小浜あり野梅の径を下り行けば

二月十日（月）

関西在住の「夏潮」会員がお声をかけて下さり、西下。須磨のあたりを吟行する予定である。明日は名古屋連中と豊橋を吟行してから帰逗の予定。俳人にとって何よりの楽しみは吟行だと思う。

【季題＝春時雨】

春時雨湖南あたりは明るさに

二月十一日（火）

【季題＝建国記念の日】

今日は「建国記念の日」。神武天皇の即位日、紀元前六六〇年一月一日を明治になってグレゴリオ暦に換算して二月十一日としたもの。戦前は「紀元節」として大切にしていた。戦後、さまざまの曲折を経て、同じ日を「建国記念の日」として祝日に加えた。「建国記念日」と言わず「の」を挟んだところが論争の落としどころだった。

神話またよろし建国記念の日

二月十二日（水）　【季題＝菫】

友人のMさんのお孫さん二人が、昨年、従姉妹同士で同時に宝塚音楽学校に入学された。宝塚と言えば「菫の花」。同じメロディー、シャンソンでは「白いリラの花」なのだそうな。「清く正しく美しく」という。お二人のお嬢さんには「優しく勁く健やかに」と加えたい。

海原がひらけ菫の花一輪

二月十三日（木）

【季題＝義仲忌】

「頃は睦月の末つ方、春めきながら冴えかへり。比叡の山風の、雲行く空もくれはとり。あやしや通路の、末白雪の薄氷、深田に馬を駆け落とし」は謡曲「兼平」の詞章。旭将軍木曾義仲はこうして無念の命を落とす。

さむざむとげに痛はしや義仲忌

二月十四日（金）

【季題＝バレンタインの日】

チョコレートを貰えるかも知れないと思って、びくびく、おどおどその日を過ごす老人には辛い日である。

バレンタインデーも早起き早寝にて

二月十五日（土）

【季題＝涅槃図】

二月十五日は釈尊が入滅した日。新暦ではまだまだ寒い最中だが、旧暦だと桜が咲いていることもある。大昔、清崎敏郎先生に連れていっていただいた京都旅行で東福寺の涅槃図を拝見したことがあった。それには珍しく「猫」が描かれていた。

涅槃図に描かれて猫かはゆらし

二月十六日（日）

【季題＝かまくら】

小誌「夏潮」は毎年、二月に新年会を開く。今年は本日。旧暦の正月が新暦ではおおよそ二月に巡ってくることが多いからである。戦前の新聞にはミミの部分に旧暦の日付も併記していた由。今からでもそうしていただけないものか。雪国では今日が「かまくら」。

かまくらや雪すくなきをかこちつつ

二月十七日（月）

【季題＝野焼く】

虚子の有名な句に「野を焼いて帰れば燈下母やさし」がある。虚子自身の体験というより、一家を支えてがんばる少年に対する母の優しさを物語的に空想しての一句であろう。多くの人が甘い追憶の中の「母」を大切にして生きている。

廃線の土手焼いてをる煙かな

二月十八日（火）

【季題＝春の海】

私の母は活発な女性だった。なかなか多趣味で「コーラス」にも「鎌倉彫」にも一生懸命だった。とりわけ「俳句」には夢中で、いつまでも星野立子先生のお近くに居たいと、自分だけ鎌倉寿福寺に墓所をもとめて眠っている。鎌倉は早春が一番似合う町だと思う。

眼つむればさらに煌めき春の海

二月十九日（水）

【季題＝雨水】

今日は「雨水」。二十四節気としては「立春」のつぎ。もはや雪ではなく雨が注いで、草々に生気が与えられるころ。水中の魚たちも春の到来を喜んでいる。

釣堀にひとひ雨水の水輪かな

二月二十日（木）

【季題＝実朝忌】

鎌倉材木座海岸に今でも残っている「和賀江島」は八百年前の「鎌倉港岸壁跡」。眼を閉じると大きな宋船が潮風に疲れた帆をゆっくりと下ろしている姿が見える。

実朝忌うみ呼ばふことところしなへ

二月二十一日（金）　【季題＝春雪】

杉本零さんは私の俳句修業の「兄ちゃん」だった。素面の時は控えめで目立たなかったが、アルコールが入ると饒舌になり妥協をしなかった。人差し指と中指を重ねて熱弁をふるった。「ほととぎす孝君零君聞きたまへ　杞陽」とあるとおり、季題について沢山はご存じなかった。私が結婚するとき、「終戦の夏に生まれて英といふ　零」という句も詠んでくれた。丸井孝さんも零さんもアルコールで亡くなった。私はアルコールで命を落とすところだった。

春雪にぐづぐづ濡れて零の忌を

二月二十二日（土）　【季題＝恋猫】

まだ一歳半の子猫、ウナとハモ。サンルームの硝子戸の外を大きな野良猫が通り過ぎると、声を失ってじっと目送するばかり。ずいぶんお高い「餌」を毎日食べているんだからもっと元気だして野良公を追っぱらって欲しいのだけれど。我が家の「ニャンゲル係数」は高止まりのまま。

汚れはてたる恋猫や名とて無く

二月二十三日（日）　【季題＝天皇誕生日】

老いて祝ぐけふを天皇誕生日

かつては天長節と称し、戦後は天皇誕生日と呼んだ。私ら世代にとっては四月二十九日と決まったものだったが、十二月二十三日こそと思っている若者もいよう。さらにこれからの人々には「今日」になるわけだ。季題としてそれでよいのか疑問も残る。ところで今日は、私の鳴立庵入庵祝賀パーティーとやら。山田真砂年さんと筑紫磐井さんが肝煎りで祝ってくださる由。ありがたいことである。

二月二十四日（月）　　【季題＝余寒】

今日は心太会。慶應中等部同窓会句会。小春会という女子高校の俳句会の楽しさを聞きつけた男子達が、我々も交ぜてくれよ、と始まった俳句会。

ポケットにねぢ込んだまま余寒の掌

二月二十五日（火）

【季題＝村の春】

早春の野に小さな瑠璃色の星を鏤めたように咲く可愛らしい花は犬ふぐり。なのに「犬のふぐり」なんて何とも気の毒な名前が付いている。花を幾ら見つめても名前の由来は判らない。咲いていた場所をよく覚えておいて「実」を探して下さい。「へーっ。これも可愛いじゃないの！」

村の春南なだりに日のあふれ

二月二十六日（水）　【季題＝鶯】

虚子に「鶯や文字も知らずに歌心」という句があり、自句自解には「鶯が鳴いて居る。無学の女ではあるが、その声を聞いてをると、何となく歌心が動いた」（『喜寿艶』）とある。一読「鶯」を擬人化した句かと思えるが、さにあらず。また、決して「無学の女」を見下しているのでは無い。どこまでも虚子は人間が好きなのである。

歌ひをへて聞き耳たてて鶯は

二月二十七日（木）

【季題＝若布】

江の島から葉山にかけての浦々では、この季節、若布の収穫で賑わう。そのほとんどが養殖ものとかで、沖合に仕掛けたロープで若布を育て、毎日一定量を収穫して浜に運び、釜で茹でてから日に干す。干し始めて二日目、三日目になった若布は風にシャラシャラと楽しげに鳴る。手帳片手にじっと睨んでいる人がいたら、それは間違いなく俳人。

若布干す香にレリーフの裕次郎

二月二十八日（金）

【季題＝白魚】

江戸に春の到来を告げるのは「白魚」。一方、九州の方で躍り食いにされたりするのはシロウオ（素魚）。こちらはハゼ科の魚で四センチくらいにしかならない。

素魚のすこし黄ばみてやんちやなる

二月二十九日（土）

【季題＝其角忌】

蕉門の高弟宝井其角が世を去ったのは宝永四年二月二十九日。四十七歳であった。今年は閏年で二十九日があるからいいが、毎年というわけにはいかない。

其角忌のもう真白や雪の橋

三月

三月一日（日）　【季題＝草萌】

三浦半島の剱埼灯台は私の好きな灯台。その銘板には「明治四年正月十一日初灯」とあり、その日に初めて灯台が点されたことが判る。ところがその隣には、英語で「一八七一年三月一日、初めて灯る」ともある。さてどちらが正しいの？　そう同じ日なのです。

石階を草萌掩ひはじめたる

三月二日（月）

【季題＝踏青】

日本海に臨む若狭の小浜から、この日、真南の奈良東大寺に向かって「御香水」が送り出される。その「御香水」は十日ほどをかけて流れ、東大寺二月堂の「若狭井」に湧き出る。それを汲みとる神事が「お水取り」という訳だ。常世の国から若狭の浜に寄せてきた「常世浪」、それが地下水道を通って人々に齎される。

先生が若くて好きで青き踏む

三月三日（火）　**【季題＝土筆】**

今日は星野立子の忌日。「雛の忌」とも呼ぶ。先生はお年を召してからもハワイなどにいらした。買って帰られたムームーがお気に入りで、鹿野山神野寺での夏行句会などでもお召しになり、私の母などはさらに憧れてしまった。おしゃれな方だっだ。

土筆摘むことをことさら好まれし

三月四日（水）　【季題＝東風】

世の中、新型コロナウイルスで騒然。亡くなられた方々のご冥福を祈ると共に、事に当たっておられる方々にはひたすら感謝申し上げる。俳誌「夏潮」も三月に予定されていた俳句会はすべて中止。大磯鴫立庵で行われる予定だった「西行祭」も今年は取りやめとなった。残念の一語に尽きるが、今を、懐かしいとふり返る日の来ることを祈るばかり。

ねがはくは佳きこともがな東風にのり

三月五日（木）　【季題＝北窓開く】

今日は啓蟄。俳句では「地虫出づ」、「蟻穴を出づ」などという季題もある。昔、蛇が土管から「春の野」に初めて出てくるところを目撃したことがある。ぬらぬらと濡れて痩せ惚けていた。すぐにでも餌を探さねばならないのだ、と思ったら、その蛇が無性に「あはれ」に思えてきた。

北窓を稿起こさんと開きけり

三月六日（金）　【季題＝梅】

最近、天気予報を見ていると「宵」と言わないで、「夜のはじめ」と言っている。「宵」という言葉の定義が曖昧なので、そのように改めた由。それを聞いて脱力してしまったのは私だけではない筈。「宵闇、迫れば……」なんていう歌もあったし、「暁は宵より淋し鉦叩　立子」という句もあったっけ。

闇に息づく紅梅も白梅も

三月七日（土）

【季題＝暖か】

春に出る椎茸、「春椎茸」は別名「春子」とも。ホームセンターなどで売っている、椎茸ホダを買って来て、ひそかに楽しんでおられる方も少なくないだろう。私は去年二十本も衝動買いをしてしまって、やや食傷ぎみ。何ごともほどほどが大切。

カレンダーに記すイニシャル暖かし

三月八日（日）　【季題＝大試験】

俳句を始めたのは高校二年の時だったが、一生、俳句を作ることになるとは思っていなかった。当時はむしろハワイアンバンドの方が熱心だった。毎週土曜日には柿の木坂のＨ君の家で練習、たまにライブなんかもやった。軽薄を絵に描いたような日々だった。

本部なる特設電話大試験

三月九日（月）　【季題＝水温む】

京極杞陽先生に初めてお目にかかった晩、高橋《タカバシ》は「伊せ喜」の泥鰌鍋をご馳走になった。高橋は小名木川水運のターミナル。江戸から東、あるいは北に向かうには、ここから舟に乗るのが便利だったという。先生の第一印象は「温厚な老人」だった。

もりあがる舳《ミヨシ》の水も温むかな

三月十日（火）　【季題＝苜蓿】

「三月十日」と聞いて「東京大空襲」を思いつく人は随分と少なくなったかも知れない。わたしは当日、まだ母の胎内にいた。その日、我が家が疎開していた埼玉県草加では東京の燃える明るさで新聞が読めたという。あの「戦争」のことを私達自身の手で、正しく捉え直すことをしないまま、七十五年が過ぎようとしている。

苜蓿の緑に染まりスニーカー

三月十一日（水）

【季題＝鳥帰る】

今日は「東日本大震災」の日。あの大惨事の後、すっかり歌われなくなった曲にサザンの「TSUNAMI」（JASRAC 071-4940-9）がある。実に良い曲だった。「思い出はいつの日も雨」「悲しみに耐えるのは何故」「微笑をくれたのは誰」「好きなのに泣いたのは何故」。同じメロディーの末尾が「A音」と「E音」の二音節で韻を踏んであるところなども洒落ていた。

ぎざぎざの水平線へ鳥帰る

三月十二日（木）

【季題＝お水取】

奈良の三条にあるカラオケバー「アッジェ」のママは俳人Mさん。美しいだけでなく、俳句も勿論上手い。以前は「酒」も「歌」も大好きだった私だが、喉の病気をしてからすっかりイケなくなってしまった。

ふと闇が動きしは鹿お水取

三月十三日（金）　　　　**【季題＝霞】**

「ぜんぜん美味しい」と言うと笑われる。そして「ぜんぜん」は打ち消しを伴って使うものですよ、と教えられる。一方「とても美味しい」と言っても誰も笑いはしない。しかしこれも明治時代だったら、打ち消しを伴って使うものですよと言って笑われたであろう。たった百年で言葉は簡単に変化してしまう。案外あてにならぬものと知っておくのも大切なことだ。

耳ふたつあるが富《トミ》山《サン》遠霞

三月十四日（土）　【季題＝木の芽】

ジュリアン・ボーカンス村はリオンから車で大分走った、山奥の小さな村だった。フランスのハイカイ詩人ジュリアン・ボーカンスの本名はジョセフ・スガン。彼はこの村に憧れて自分のペンネームにしたのだった。彼の句集『戦争百態』は世界最初の反戦句集としてもっともっと評価されなければならない。

フランスの木の芽美しとは虚子が

三月十五日（日）

【季題＝落椿】

「夏潮」湘南吟行会は鎌倉を中心に、あちこち歩き回って俳句を詠む。鎌倉市立御成小学校に六年間通った身としては、鎌倉は「わが町」。酒屋さんも、喫茶店も、お風呂屋さんも、お寺さんも、みな同級生。

落椿腐ちてゆく日々降れる晴るる

三月十六日（月）　**【季題＝目刺】**

小ぶりなる目刺二筋お手塩皿《テショザラ》

「防風のこゝ迄砂に埋もれしと」は桑原武夫の所謂「第二芸術論」でやり玉にあげられた虚子の句。素人の句と区別がつかぬとのことであった。しかし実際に砂浜を歩いて「防風」を摘んでみれば、この句の「こゝ迄」の意味合いも良く分かる。俳句は読み手の経験や洞察力に多く依存している、そのことは悪いことでも困ったことでもない。

三月十七日（火）　【季題＝彼岸】

ヨーロッパの街角のマルシェではいろんな道具が売られている。たとえばアスパラガスを茹でるための細長い鍋。春、いかに彼らがホワイトアスパラの登場を待ち望んでいるかが判る。店頭に並ぶ食品、高価な「走り」は少ない。

バス待ちて彼岸の入とおもひけり

三月十八日（水）　【季題＝耕】

大磯鴫立庵句会は前庵主、鍵和田秞子先生の頃からのメンバーがほとんど。私の俳句では大人しすぎて少々物足りなく思うメンバーも少なくないであろう。一見淡泊に見える俳句でも、丁寧に解釈・鑑賞をすれば、結構複雑な良い句はあるんですけどねえ。

耕人や声の届かぬほど遠く

三月十九日（木）

【季題＝春の雨】

まだ学生だったころ、今でも走っているかどうか、奈良東大寺前発、熊野行きのバスに乗ったことがある。ほぼ一日がかりの長丁場。途中、一時間の食事休憩があったりして、ともかく一度乗ったら生涯忘れることができない路線である。

吊り橋が村の中心春の雨

三月二十日（金）

【季題＝鮊子】

句友M女さん達と紀州に吟行に行った折のこと。漁師さんたちの墓域を歩きながら、「彼岸婆という季題があるけど、爺はどこにいるんだろうねえ」と私。M女さん、墓標を指さして、こともなげに「ここよ」。

いかなごの素干なづけて源五兵衛

三月二十一日（土）　【季題＝落雲雀】

「これよりは恋や事業や水温む　虚子」これは東京高等商業学校（一橋大学の前身）の卒業生たちに餞《はなむけ》の意味をもって詠まれた句。これ以前に文部省は「高商」を「東大」に合併しようと企てたが大反発を受けた。「高商」は「官吏養成所ではない」との気概だった。一句中の「事業」の語の意味は重い。

もの落つるやうに雲雀の落つるかな

三月二十二日（日）　【季題＝雉】

四十年ほど前、富山県魚津にあった大学に講師として伺っていた。講義が終わると学生達と付近の野山を散策して俳句を詠んだ。たった三年間のことであったが、その頃からの仲間が今でも作句を続けている。越中の春、チューリップはもう少し後かな。

雉の声いつのまにやら遠きこと

三月二十三日（月）

【季題＝剪定】

かつて高校生として私に付き合ってくれたF君は大手自動車メーカーに勤めていたが、近年転職。金沢で自動車のディーラーさんをしている。富山・金沢に知人がいるお陰で、ときどき「日本海」を見ることができる。これは関東者の私にとっては貴重なこと。

剪定の小枝小山をなすところ

三月二十四日（火）　　　　　　　　　　　　【季題＝春泥】

「砂埃の舞う　こんな日だから　観音崎の歩道橋に立つ」はユーミンのヒット曲「よそゆき顔で」（JASRAC 092-4215-5）の歌詞。そんな「歩道橋」あったっけとは、この辺に住む多くの人々の疑問。そう言えば同曲の歌詞、「かたい仕事と　静かな夢を持った人」として自分を売り込んで、今の奥さんに結婚してもらった「遊び人」の友人がいたっけ。

春泥を鉄平石になすりあり

三月二十五日（水）　【季題＝小鮎】

虚子の「風流懺法」という小説に一念という小坊主が登場する。比叡山の小坊主のくせに、東京の桜田小学校を出たという設定で、東京弁の「べらんめえ」を操る。こんな眼から鼻へ抜けるような聡明な小坊主を作者の虚子は好きでたまらない。ところが「後日譚」での一念は一転「思い詰めるタイプ」の青年に成長していた。

安曇川のにはかに細し小鮎跳ね

三月二十六日（木）

【季題＝芹】

今日は六歳上の姉の誕生日。両親も兄も他界した今、姉ばかりが血を分けた同胞である。いつも随分と「若づくり」で、テニスコートなどで「ご夫婦ですか？」と聞かれると、私のことを「兄です」などと、とんでも無いことを言うが、言われた相手が納得してしまうのが悔しい。

日おもてが待ちうけてゐる芹の水

【季題＝陽炎】

三月二十七日（金）

まだ小学生になっていないころ、家に「ワックス」という雌犬がいた。黒っぽい雑種でなんの芸も出来なかった。あるとき、ふと「白」くしてやった方がこの犬のためには良いと考えて、納屋にあった「白ペンキ」を全身に塗ってやった。当然私は叱られた筈だが、叱られたことは忘れた。私にとっては大切な「雌犬」だった。味は覚えていないが彼女の「おっぱい」も吞んだ。家族は私を変人扱いするが、今でも別に「変わったこと」をしたとは思っていない。

陽炎の記憶の庭の母若し

三月二十八日（土）　【季題＝燕】

犬のおっぱいを呑んだ頃だったと思うが、一つ年上の友達と二人で野芝に火を点けて遊ぼうということになった。マッチをもって来いと命令されて、居間にあるマッチ箱を盗んだ。その時の「ドキドキ感」は今も忘れない。芝生から煙が上り始めるとすぐに大人が来て、こっぴどく叱られた。母はそのまま私を駐在所に突き出して帰ってしまった。「年上の友達」は駐在所には来なかった。

目で追はれゐること知りてつばくらめ

三月二十九日（日）

【季題＝ミモザの花】

大磯鴫立庵の「西行祭」は毎年三月の最終日曜日。およそ旧暦如月望（二月十五日）に合わせた設定で、「ねがはくは花の下にて春死なんその如月の望月のころ　西行」に適っている。当日は円位堂に安置されている「西行像」が公開され、桜の枝が手向けられる。今年は残念ながら新型コロナウイルスの影響で中止となってしまったが、来年は多くの方がご参加下さることを願っている。

海が好きで引つ越してきて花ミモザ

三月三十日（月）　【季題＝山笑ふ】

そろそろ深山の雪も融け始めて渓流では岩魚が動き始める。熊も蛇も眠っている今が一番安心して竿を出せる時期。淀の出口近くまで流れて来た糸がグンと押さえ込まれる感触は一度味わったら忘れられない。「尺イワナ」に少々及ばないものを「泣き尺」と呼ぶ。釣り人のナイーブな言語センスも微笑ましい。

山笑ふとは山襞のゆるぶこと

三月三十一日（火）

【季題＝流氷】

公務員は定年を迎えた次の「この日」（三月三十一日）が退職日と決まっている。民間企業によっては定年の「誕生日」が退職日となる人や、「誕生日」を迎えた月の月末という場合もあるという。私にも経験があるが「その日」の前後は、なかなか精神状態が不安定になる。とくに制服を着用していた人や、しっかり背広にネクタイで働いていた人はことさらであろう。

流氷に四畳半あり広間あり

四月

四月一日（水）

【季題＝四月馬鹿】

苗字「四月一日」さんの読みは「わたぬき」さん。暦が夏となり、着物の真綿を抜いて「袷」として着用するからだという。当然ながら「袷」は夏の季題。ところが「綿入れ」などというものはほぼ着なくなった現今、「袷」も、いわゆる「スリーシーズン」着られ、夏は「単衣」という印象がつよくなった。季題の一角が揺れ始めている。

目つむれば日のぬくとさや四月馬鹿

からうじて農を継ぎをり梨の花

四月二日（木）　【季題＝梨の花】

「山国の蝶を荒しと思はずや　虚子」は、信州小諸に疎開中の作。たまたま訪ねて来た息の年尾と京都の田畑比古を誘って虚子庵近くの野に遊んだ折のもの。「荒し」は京都あたりの「雅な蝶」に対する「山国の蝶」の表現であろう。京都人「比古」に対する存問であり、比古の背後には連れ合い「三千女」の面影が揺曳していたに違いない。

四月三日（金）　　　　　　**【季題＝亀鳴く】**

疎開先の埼玉県草加から鎌倉山に引っ越したのは昭和二十三年。鎌倉山というバス停の前の家で、庭には母の丹精でスイートピーが沢山咲いていた。そのスイートピーの花を一時間に一本通るバスの運転手さんにあげると、嬉しそうにフロントグラスの脇にある花立てに飾ってくれた。当時の路線バスには「花立て」があったのだ。

亀鳴くや昏るれば村の闇ふかく

四月四日（土）　【季題＝桜】

今日は清明。二十四節気の一つ。春の明るさが天地に満ちる頃である。コロナウイルスとやらの暗鬱な影が払拭されることを世界中の人々が心から願っている。

もろともに老いにけらしな家桜

四月五日（日）

【季題＝汐干】

今日は鳴立庵連句会の予定であったが、新型コロナウイルスの影響で中止。まことに残念のきわみ。
鳴立庵は近江義仲寺の無名庵、嵯峨野の落柿舎とならんで日本三大俳諧道場と呼ばれている。そこで今年度から定期的に「連句」を巻くことを始めようとしていた矢先だったのだが。「不要不急」の代表のような文芸としてはしばらく静観が必要かとも。

サバニ長し潮干の岩に顎あづけ

四月六日（月）　【季題＝シクラメン】

桜餅は桜の葉ごと食べるか。葉はとって食べるか。池田弥三郎先生から伺った話が忘れられない。その昔、大川端の茶店で桜餅を商っており、人々はそれを買って食っていた。あるいたずら者の江戸っ子が田舎者をからかって遊ぶ。「おい、おい、あれを見ろよ。あの田舎っぺ、桜餅を川向いて食ってらあ。」。それを耳にした「田舎者」はあわてて桜餅を「葉ごと」食い始めた。それを見ていたずら者はさらに大笑いをしたという。あんまり後味の良い話ではない。

姉御より長老様へシクラメン

四月七日（火）

【季題＝囀】

男子高校の新入生。どの子も初めはまことに「初心」。チャイムがなると黙って黒板に向かって坐って教師を待っている。そこへ私が、「本井先生は今日はお休みです」、「代講に来ました。」「わたしの名前は、蛇尾吉宗」、「じゃおきっそう」と読みます、と板書。沖縄出身なので「よしむね」ではなく「きっそう」ですと説明する。次の時間も、その次の時間も「じゃお先生」は代講を続ける。そのうち部活動などを通じて、生徒も「蛇尾先生」という人はいないらしいと気づき始める。これ以上欺せないなあと思ったら名前を黒板に「じやおきつそう」と書いて、下から読んでねと謝って、遊びは終わり。中には三年間、私を「じゃおさん」と呼ぶ生徒もいたっけ。

檄とばすごとく樹上に囀るよ

四月八日（水）　【季題＝花御堂】

今日は「虚子忌」。戒名の「椿寿居士」に因んで「椿寿忌」ともいう。あまり知られていない、虚子の別号に「惜春居士」というのがあり雅印もある。京極杞陽先生がこの「惜春居士」という号のあることをしきりにおっしゃっておられた。いかにも虚子らしい号ではないか。

島なれば椿多さの花御堂

四月九日（木）　　　　　　　　　　　**【季題＝風光る】**

昭和三十三年、鎌倉から東京港区の私立中学に通うことになった。都会的な少年少女達に混じると、鎌倉の田舎育ちの真っ黒に日焼けした男の子は目立ったらしい。担任のK先生が「クロイワルイコ」と私を呼んだ。それが明治のジャーナリスト「黒岩涙香」のもじりであることなど知るよしもなかった。このK先生の三年間（それ以降も）によって私の人格のおよその部分は形作られた。かけがえのない恩師である。

新校舎のガラスが光る風が光る

四月十日（金）

【季題＝蝶】

「春愁」というといかにも、たおやかな女性の姿を思い浮かべる。それに対して「秋思」は男のもの。

踏切の鳴つてゐる間を蝶過ぎる

四月十一日（土）　【季題＝菊若葉】

テニスの楽しくなる季節。「山岸のボレーめでたしエラーして顔しかめぬはさらにめでたし」は往年の名プレイヤー山岸二郎を愛してやまなかった小泉信三先生のお歌。二郎さんは永らく逗子に住まわれ、晩年、機会あって幾度かテニスを教えていただいた。私の存じ上げている二郎さんは古武士のような方だった。

潮風がときをり届く菊若葉

四月十二日（日）

【季題＝蠅生る】

今年は今日が「イースター」。すなわち春分の後の、最初の満月の、次の日曜日。言わずと知れた「神の子キリストの受難と復活」のお祝い日である。グレゴリオ暦など、月の形とはとっくにおさらばした筈の西洋人が、この時ばかりは「満月」を大事な基準に置いている。だから西洋でも、普通の人は来年のイースターの日取りを殆ど知らない。そんなら我々の「旧暦」ももっと威張って大切にしようではないか。

蓋とれば海苔だんだんや蠅生まれ

四月十三日（月） 【季題＝通草の花】

紐の先に「ネズミ」のついた「ねこじゃらし」。価格はスーパーで百八十八円。高いと思うか安いと思うかはそれぞれ。これが我が家の「ウナ」・「ハモ」にはすこぶる人気が高い。その「ネズミ」、どうやら何か本物の毛皮から加工した物らしく、合成繊維で作ったボンボンとは違って、食らいついた「ウナ」・「ハモ」は「ウー、ウー」と唸って所有権を主張する。野性が剝き出しにされてしまうのだ。「ウナ」・「ハモ」はどうだか判らないが、私の「遊び」としては後ろめたさが付きまとう。

日の斑ちらちら花通草ちらちらす

四月十四日（火）　【季題＝ぶらんこ】

愛車と呼ぶには、手入れが十分でなく後ろめたいが、マツダロードスターNA、初代の「人馬一体」に今でも乗っている。それにしてもコンバーティブルに憧れて、今でも乗りたがるのは老人ばかり。こういうのも一種のトラウマというのかしら。

ぶらんこの両足雲を蹴りあげて

四月十五日（水）　　**【季題＝寄居虫】**

今日は「梅若忌」。謡曲「隅田川」は、子供を盗まれた母親がわが子（これが梅若丸である）を捜して遥か東国の隅田川まで彷徨って来る話。いわゆる「狂女もの」である。近年の女性はまことに知性的・理性的な方々ばかりで、「狂う」などということは決してないようにお見受けするが、かつてはそうでもなかったということであろうか。

寄居虫にバケツの潮の温みつつ

四月十六日（木）　【季題＝草餅】

「桜鯛」という季題がある。いわゆる春の「のっこみ」。それまで海の深いところにいた鯛が産卵のために浅瀬に移動してくる。逗子沖に定置網があったころ、その付近で私でも結構真鯛が釣れたのであるが、定置網が無くなってからは、とんと「鯛」とは出会わなくなってしまった。死ぬまでにもう一度あの「グン、グン、グン」という三段引きが味わいたいものである。

草餅を落語の所作のやうに喰ふ

四月十七日（金）　【季題＝競漕】

季節もよくなって、久々にテニスコートへ。顔なじみのご老人（私も立派に老人なのだが）が紹介してくださったOさん（もちろんこちらもご老人）。にわかに破顔一笑されて「エイちゃん！」とのたもう。かれこれ六、七十年前に鎌倉山でご近所だった方だ。つづけて「イタズラ坊主だったよ、ねえ」と。本人でさえ保身のために記憶から抹消してある「イタズラ」の数々をOさんは随分覚えておられるらしい。怖ろしいことである。

競漕や橋潜るとき迅かりし

四月十八日（土）

【季題＝石鹸玉】

今日は、数名の俳句仲間と筑波山に登ろうと示し合わせていたのだが。どうなりますやら。その昔江戸の町からは「富士山」と「筑波山」が見えていて方角をしる目印になっていた由。

浮かび出て大きくゆがみしやぼん玉

四月十九日（日）

【季題＝出代】

二年半前に咽頭癌を患って以来、「酒」は断った。その代わり不思議なものので「甘いもの」を体が欲しがる。食後に平気でスイーツなどを楽しむ自分を我ながらいぶかしく思うのであるが、実は祖父も、父も、兄も代々「餡こ屋さん」（製餡業）だった。甘い物にはもともと縁があったのだ。

出代や代々雪の越後より

四月二十日（月）　【季題＝遅日】

昭和三年の今日。虚子は京都島原遊郭で「太夫の道中」を見物した。すでに観光を目的としたショーになっていたらしい。夜になって大阪へ移動。大毎の本社ビルで講演を行った。その講演こそが「花鳥諷詠」の始まり。「花鳥諷詠論」と「島原太夫の道中」とは直接の因果関係は無いが、何となく、同じ日というのが気になっている。

須磨寺の遅日の鐘も旅愁なる

四月二十一日（火）

【季題＝湯治舟】

昭和十一年の今日。虚子はドイツ、ケルンからライン川に沿って南へ向かう汽車に乗っていた。ちょうど対岸に見えてきたコブレンツの町は梨の花が満開。河岸には真っ黒な「舟橋」が舫ってあった。「舟橋を渡れば梨花のコブレンツ　虚子」。相当に広いライン川の対岸からの遠望である。虚子の視力はかなり良かったのだ。

湯治舟に声かけてゐる郵便夫

四月二十二日（水）　【季題＝鳥の巣】

最近の犯罪捜査では「防犯カメラ」の映像が活躍する。犯人の逃走経路などがつまびらかになることは結構な事には違いないが、何から何まで監視されているようで気持ちが悪い。昔見たアニメ「猫の恩返し」の「猫王さま」の国もそうだったっけ。聞きかじっただけだが、未来の理想都市「スマートシティー」などという空間にも、そんな側面があるのだろう。

悪知恵もなかなかといふ鳥の巣

四月二十三日（木）

【季題＝遍路】

今日から、旧暦では「四月」。初夏の始まりである。「卯の花の匂ふ垣根に　時鳥はやも来鳴きて　しのび音もらす」頃である。

蛇口なる水の細きも遍路宿

四月二十四日（金）　　**【季題＝朝寝】**

水芭蕉。虚子編『新歳時記』では春、四月に立項されている。同時代に権威として出版された改造社版『俳諧歳時記』も同様。ところが戦後の名著角川書店『図説俳句大歳時記』、「春の部」では「空見出し」。「夏の部」に解説が載っている。さらに近時行われている角川『俳句大歳時記』では夏の部に立項、春の部には痕跡もない。「夏がくれば　思いだす　はるかな尾瀬　遠い空」「水芭蕉の花が　咲いている　夢みて咲いている　水のほとり」（作詞江間章子　作曲中田喜直　「夏の思い出」JASRAC 059-0152-9）は昭和二十四年の作品。この一曲によって「水芭蕉は夏のもの」という国民的コンセンサスが成立したに違いない。

足もとの猫ともどもの朝寝かな

四月二十五日（土）　　【季題＝人丸忌】

私の大切な俳句仲間、林家木久扇さんから教わったこと。他人の誹謗中傷にわたる話柄に同意を求められたときの相槌には、「困った人だ」ではなく。「弱ったもんだ」と応えるのがよろしい。これは保身ではなく、優しさ。

浮く舟にすやり霞や人丸忌

四月二十六日（日）

【季題＝山吹】

テレビの話。いつの頃からか、報道番組やバラエティー番組の画面の一部に「小窓」が開いて、スタジオにいる出演者の表情が同時に映されるようになった。「ワイプ」と呼ぶテクニックなのだそうだが、画面が「驚くべき場面」を映し出すと小窓の中の出演者さんも大袈裟に驚いた顔を作る。なんだか驚いたり悲しんだりすることまで、ワイプの中の出演者さんに指導されているような気分がして、不愉快なこと甚だしい。そんな事に腹を立てる老人は、テレビ局の方もハナっから相手にしていないのだから、怒っても始まらないのだが……。

山吹の明るすぎれば疲れける

四月二十七日（月）　【季題＝水口祭】

「窓辺に置いた椅子にもたれ　あなたは夕陽見てた」はユーミンの「翳りゆく部屋」（JASRAC 019-9527-8）の一節。クライマックスは「どんな運命が愛を遠ざけたの」の絶唱部分である。この「ガ」の音が永らく気になって仕方がなかった。昔、学校の音楽の授業で習った助詞の「ガ」は鼻濁音。それこそが正しく美しい発音とされていた。ところが試みに「どんな運命が」の「ガ」を鼻濁音で唄ってみると、なんとも拍子抜けがしてしまう。切実さが伝わらないのだ。さて、どうしたものか。

水口の昏れはててなほ幣白う

四月二十八日（火）　【季題＝藤】

七十年前、昭和二十五年の今日。虚子・立子は宮中に参内。三笠宮様御催しの句会に出席、皇后陛下の台覧があった。虚子の当日の句に「熊谷草を見せよと仰せありしとか」がある、天皇陛下が「虚子が来たら熊谷草を見せてやれ」と三笠宮様に仰せがあったと伺っての吟である。同じ句会に三笠宮が投じた句に「熊谷草見せよと仰せありしとて」がある。両句、「か」と「て」の違いながら二人の心の中にひとしく天皇陛下への思いが籠められている。今から思えばいかにも「時代」というところであろうか。三笠宮三十四歳、虚子七十六歳、昭和天皇は翌日が四十九歳の誕生日だった。

藤つぼみばらけそむれば風かよふ

四月二十九日（水）　【季題＝焙炉】

今日は虚子・こもろ全国俳句大会が予定されていたが、これまたコロナウイルスの影響で中止。残念きわまりないことである。

そしてまた今日は、昭和の日。昭和天皇の誕生日であった日。私が生まれたときも「天長節」で、四十三歳になるまで「天皇誕生日」であった。季題としては音数が多いので、作り易いような、作りにくいような。よく初心の方々に「季題以外の部分が少ないから、楽ですよ」と申し上げた。「雨降って今日は天皇誕生日」、「風強き今日は天皇誕生日」、「ほらね！」と。

だんだんに焙炉の茶葉の音かわく

四月三十日（木）

【季題＝行春】

波乱の二〇二〇年も三分の一が過ぎた。おそらく世界中の何十億という人々にとっても決して忘れられない「あの年」となることだろう。残りの三分の二の日々がともかく安寧であることを祈るばかり。

地球まはるよ行く春をふりほどき

五月

五月一日（金）　【季題＝卯浪】

今日から五月。暦の上では「八十八夜」。つまり立春から八十八日目となるわけだが、考えてみたら、今回の「新型コロナウイルス」が騒がれ出したのも、およそ立春の頃だった。ここまで随分と永い暗鬱な日々を送ってきたつもりだったが、まだ八十八日しか経っていなかったのだ。我が「夏潮」は諸般の状況を考えて、この五月も俳句会、吟行会は自粛。じっくり落ち着いて持久戦に備えなければならない。

卯波よせて河口あたりもざわつける

五月二日（土）　【季題＝新茶】

忌野清志郎。見た目は随分と派手目で、いい加減そうにも見えるが、その実哀しいまで正直な人物だったであろうことは、かつての「原発」に関わる活動からも想像できる。好きな曲はたくさんあるが、私のお気に入りは「お弁当箱」。今日は清志郎の命日。東京の西、高尾山近くの丘の上に眠っている。

知覧のはなし戦のはなし新茶汲む

五月三日（日）　【季題＝薄暑】

諏訪の大神の「御柱祭」は寅年と申年。二年後だ。春早くに切り出されて、木落坂を下り、雪解の川を渡った上社の「御柱」、計八本は、この連休に「里曳き」をなし、前宮・本宮の四隅に立てられる。三十数年前初めて見に行った時は「天下の奇祭」との垂れ幕がかかっていたが、今やそんな妙なキャッチフレーズなどいらない。出雲の軍神「建御名方」のハレの祭りである。

腕まくりズボンもまくりたき薄暑

五月四日（月）　　【季題＝蕗】

二年半前に患った咽頭癌がようやく落ち着いたと安堵していたら、今度は前立腺癌とやら。治療法はこれからお医者様とご相談。痛くないようにお願いします。

ラワン蕗刈りて駅舎の跡も見て

五月五日（火）

【季題＝武者人形】

今日は立夏。芦屋、虚子記念文学館の理事会が予定されていた日である。虚子は思いの外、物持ちの良かった人で、ことに子規に関するものはきちっと大切にし、銀行の金庫に預けるほどの周到さだった。没後虚子庵に残っていたものなども合わせて、多くの虚子関係資料がこの館に保存された。学習室などもあって居心地もよろしい。もっと多くの人々に利用され、親しまれても良いと思うのだが。

北窓のほのあかるさに武具飾る

【季題＝柿若葉】

五月六日（水）

私の父は、典型的な「古い男」だったと思う。浮かれたことを愉しいとは思うのだが、浮かれているところを、他人に見られることを極端に怖れた。たとえば風呂に入っていて心持ちが良くなれば、おのずから唄も出る。「オートーコ、イノチーの、純情はー」と歌い出したかと思うと、そこで突然、「純情はー、っか。」と止めてしまう。それ以上詳しく上手に歌えることとは、「恥ずかしいこと」だったに違いない。カラオケの巧みさを競う今の「男達」とは気の毒なほどに違う人種だったように思う。

百姓家にも大小や柿若葉

五月七日（木）

【季題＝穴子】

「おあいそ」は寿司職人が使う言葉で「お会計」の意。十分なご接待も出来ませんで「愛想もないことですが」の思いを含んでいるのだそうな。だから客の方から「おあいそ」と言うのは間の抜けた話で、「お会計」とか「お勘定」と言えば良い訳だ。でもねえ、お寿司屋さんに行くと一寸「通」な感じに振る舞いたくなりますよねえ。

口開けて穴子ふたてを後しざる

五月八日（金）　【季題＝薔薇】

高校時代、勉強が辛くなると、いろんな空想をしてしばらく時間をつぶした。勿論「逃げ」なのだが、根拠のない夢想はしばらく私を幸せにしてくれた。たとえばバンドボーイを振り出しにして、バンドマンなんていう人生もあった。知りもしないくせに水商売の女性と所帯を持つ夢も見た。

騒然の巷や薔薇はおのがじし

五月九日（土）　【季題＝香水】

この娘香水がやや大人びて

寺嶋ふじさん、とおっしゃったと思う。かつて鎌倉山に住んでいた頃のお隣さんで、先代の尾上梅幸丈の夫人だった。粋なおばあさんで、小生のことを「若旦那」と呼んでくださっていた。夏の単衣などを涼しげにお召しになって、たまに鎌倉の街まで車でお送りしても、途中まったく飽きさせない話術の持ち主だった。そしてともかく綺麗な方だった。

五月十日（日）　【季題＝母の日】

目黒の自然教育園の矢野亮先生は、カワセミの里親として見事十羽を育て、自然に戻したことで有名である。その苦労談はご著書『カワセミの子育て』（地人書館刊）に詳しいが、奥様と二人三脚で「前人未踏？」を成功させたお話は面白いやら感心するやら。是非一読をお勧めする。

母の日のがらんと人の居ない街

五月十一日（月）　**【季題＝川蜻蛉】**

幼稚園で教わったお遊戯に「かわいいかくれんぼ」（JASRAC 019-0397-7）があったことは鮮烈に覚えている。「ひよこがね。お庭でぴょこぴょこかくれんぼ。どんなに上手にかくれても、かわいいあんよが見えてるよ。だんだんだあれがめっかった」。作曲、中田喜直。作詞、サトウハチロー。昭和二十六年安西愛子がＮＨＫラジオで歌ったという。私が小学校に入学したのが昭和二十七年の四月。幼稚園の先生方は出来たてホヤホヤの踊を教えてくださったのだ。

川蜻蛉見てゐるおのが息の音

五月十二日（火）

【季題＝玉巻く芭蕉】

「無人島」に住んでみたい、というと、貴方が住んだ瞬間に「無人島」では無くなるよという意地悪を言う人がいる。そりゃそうですけど。

つつ立つてきゆつきゆつと巻く芭蕉かな

五月十三日（水）　【季題＝筍】

無闇に集ってはいけないとのお達しで、楽しみにしていたイベントを涙を呑んで中止にしようとすると、会場側は「キャンセル料」を要求する。場所を確保し、さまざまに準備をし、仕入れまでしてしまったというケースもあるだろう。無理からぬことではある。ただ違和感が拭えないのは「キャンセル料が発生します」という言い回し。まるで自然現象かなにかのような表現だ。「恐れ入りますがキャンセル料を頂戴します」と言った方がよほどスッキリすると思うのだが。

たかんなに鋤当てとどめ仕る

五月十四日（木）　　【季題＝海芋】

海芋日にはえて三島は水の町

ともかく生物界では「メス」の方が偉いのだということを、私に思い知れせてくれたのは黒鯛。釣り味もよく、かつては夜な夜な堤防に踞って電気浮きを見守ったものだ。さて黒鯛、生まれ出た時は、上手下手なく全部「オス」。これを「ちんちん」と呼ぶ。それが育って「カイズ」、若者だ。そして四年くらい生き延びるとやっと「黒鯛」と呼ばれるまでに大きくなり、そしてみんな「メス」になる。子孫を残すという大役はメスになった「黒鯛」にしか任されていないのだ。

五月十五日（金）　【季題＝網戸】

三社様は親しみのあるお宮さんである。浅草寺二天門のすぐ脇に立つ鳥居。そのすぐ傍らには久保田万太郎の「竹馬や」の句碑があり、境内中ほど西側には初代吉右衛門の「女房も同じ氏子や除夜詣」の句碑がある。どちらの句にも下町らしい親しみが充ちている。

網戸ごしの隣のボーズ声変り

ビアガーデンのカップル星に近しよと

五月十六日（土）　【季題＝ビール】

最近は一年中ターゲットにする人もいるようだが、一寸前まで、アオリイカは五月、六月に狙ったものだ。「エギ」というエビの形をした疑似餌を小舟で引いて誘う。ちょうど産卵で浅瀬にやって来たアオリイカを懸けるのだ。「エギ」は、けっこう派手な色合いのものが多く、なかには「ラメ入り」のエビなどが烏賊ちゃん達には人気があったりする。大物があたると、まるで海中で座布団を引っかけたような「ズシン」という感触が糸に伝わってくる。

五月十七日（日）　【季題＝時鳥】

サクラマスの子がヤマメでサツキマスの子がアマゴ。どちらも同世代の中で強かった子供達が生まれた渓流に残って「ヤマメ」、「アマゴ」を名乗って暮らし、弱かった子達が餌を求めて海へ下り、艱難辛苦の末に巨大化、「サクラマス」、「サツキマス」としてふるさとの渓流に錦を飾る。「可愛い子には旅をさせろ」という台詞が頭に浮かぶが、海へ下って帰ってくることの出来る確率は、勿論きわめて低い。

ほととぎす家達公の別業と

五月十八日（月）　【季題＝蛇】

信州と遠州を結ぶ青崩峠。名前からして物語にでも出て来そうなロマンがある。

中央構造線による破砕帯のために地質的にあまりに不安定で、名目上は国道が越えているのだが、いまなお自動車は通れない。かつて折口信夫をはじめ多くの民俗学の学徒達が「花祭」、「雪祭」の研究に越えていった峠だ。そのさき遠山郷は私の大好きな山里。遠からず高速道路が開通するという。

蛇がゐてへつりの指の竦みたり

五月十九日（火）

【季題＝夜光虫】

二の腕を「スーッ」と酸っぱさが走った。黙って見ていると、真っ赤な血がみるみる浮かび上がったかと思ったら、タラタラと流れ始めた。「くに子ちゃん」の手には剃刀が握られている。クローバの咲くなだらかなお庭の真ん中、「おままごと」の最中だった。七十五歳になる老爺の二の腕には四センチほどの傷痕が今でもハッキリ残っている。人生、最初で最後の「女難」だった。

ゆき過ぎしボートの水脈も夜光虫

五月二十日（水）　　【季題＝松蟬】

オーベル・シュル・オワーズは巴里から車で一時間ほど。電車でもそんなもの。ヴァン・ゴッホが最晩年の数ヶ月を過ごした村として有名だ。そこには名画のモデルになった麦畑や教会が、当時のままの姿で残されている。村の道をぶらぶら歩いていると、いつの間にか絵の道具を担いで景色を探しているゴッホになったような気持ちになってしまう。

松蟬やサナトリウムの跡がここ

五月二十一日（木）　【季題＝ヨット】

料理が得意というのではないが、お酒を呑んでいたころは、酒の肴を作るのに自然と包丁を持つことが多かった。よく切れる包丁というのは洵に気持ちの良いもので、鎌倉の研ぎ屋さんから包丁が戻るときにはちょっとわくわくする。人形町の有名な刃物屋さんのペティナイフなども、研ぎから戻りたては一寸「怖い」ほどによく切れる。

ディンギーや起きる練習くりかへし

五月二十二日（金） 【季題＝忍冬の花】

飛魚は「アゴ」とも呼んで、逗子湾にでもいる。大きな魚に追われて、いよいよという時に、翼をひろげて海上に躍り出る。海中で追っていたハンターからすれば、突然、忍者のごとく「かき消えた」といったところであろう。アゴにしてみれば「してやったり」、エッヘン。注意事項が一つ。まっすぐ飛んでそのまま降りたら、又さっきの奴の鼻先に戻ってしまう。だからアゴは必ず飛びながら方向を変える。

芝庭にアーチ仕立ての金銀花

五月二十三日（土）　【季題＝山法師の花】

先月の二十三日に、旧暦では四月一日と書いて、「夏は来ぬ」の歌詞をご紹介したのを覚えておられるだろうか。あのとき「夏」という気分には早いなあと感じられた方も少なくなかった筈。そう、月の満ち欠けだけで計算すると一年十二ヶ月は三百五十四日、一方太陽を地球が一回転するには三百六十五日。つまり旧暦では、およそ一年に十一日ずつ日付が「前倒し」になってくる。そこでときどき（十九年に七回）「閏月」というのを入れて辻褄を合わせることになる。そして今日から「もう一回、四月」をやろうというのである。今日は「閏四月一日」。

リフトてふ空中散歩山法師

五月二十四日（日）　【季題＝余花】

例年ならちょうど「夏場所」の頃。相撲がはねても未だ明るいし、何と言っても川風の心地よい季節。国技館のあたりを、いろんな大きさのトリテキ達が二人三人並んで歩いている。昔は「あんこ型・そっぷ型」などと面白がった。「そっぷ型」はスープをとる鶏の骨の如く痩せた体型の力士のこと。近年の相撲は押すばっかりの「あんこ型」が多いようにも思うが、本当はどうなんだろう。

余花の丘馬柵の修理もととのひて

五月二十五日（月）

【季題＝虹鱒】

中学時代の恩師のお供をして越後の山に「トキソウ」を見に行ったことがあった。先生の車に便乗させていただき、小出から大白川を経て浅草岳方面へと入り込んだ。その数年前には国鉄の只見線が開通する前の六十里越えを果たし、翌年はその勢いで今度は会津から八十里越えを敢行した直後だった。あの何とも控えめな、奥ゆかしいトキソウを流れる霧の中に見つけた時の感動は忘れられない。

そうそう、私のうっかりで、鍵を差したまま車をロックしてしまい。後輩のB君をして東京まで「スペアキー」を取りに戻ってもらった、苦く申し訳ない想い出も「トキソウ」には纏わりついている。

虹鱒のひら打つときに虹はしる

五月二十六日（火）

【季題＝罌粟の花】

きょうは鳴立庵第二十一世、草間時彦先生の忌日。先生の師系は水原秋櫻子、石田波郷ということだが、後半生の俳風は随分と違って、むしろ久保田万太郎に近かった。連句を大層好まれて、私は随分連句で遊んでいただいた。「英ちゃん、連句は極道の果ての遊びだよ」とよくおっしゃった。あんな「紳士」のどこが「極道」なのかと不思議に思うのだが、そういうところがスタイリストということなのか。

沖風のひどくは吹かず罌粟の花

五月二十七日（水）　【季題＝若葉】

少年時代、食事を充分食べさせてもらえなかったわけでもないが、毒でないものは何でも口に入れた。木イチゴ・グミ・桑の実・桜の花の蜜・躑躅の蜜・茅花の芯などなど。そんなメニューの中に「蜘蛛の卵」もあった。青萱の折れ曲がった中に、生み付けられた「蜘蛛の卵」。美味しいわけでもないが、毒ではない。ある時、うっかり中を確かめないで口の中にいれたら「親」だった。怒った「親」は私の口の中をいやと言うほど刺したからたまらない。痛いのなんのって、顔全体が腫れ上がって目が塞がるほどだった。医者に連れて行かれて成り行きを話したら、医者は笑いに笑って、なかなか治療をしてくれなかった。

また違ふ癌が見つかり若葉冷

五月二十八日（木）　【季題＝明易し】

思い出すだに辛い話。逗子の家の近く、駐在さんの軒先に毎年燕が巣を作る。その年も子育ての最中。ようやく巣立った子燕を、親燕が先導して、傍らの田越川の上空などを飛んだり、電線に止まったり。その中の一羽が、電線からふらふらと飛び始めたと思ったらどんどん高度が下がって、車の走る高さまで降りてしまった。あわや、と思った刹那、やや鈍い「ぱつん」という音がして、子燕の姿は消えた。その鈍い音が今でも私の耳について離れない。

明易の橋くぐるとき水脈みじか

五月二十九日（金）

【季題＝金魚】

開高健編『露伴の釣り』という分厚い一冊がある。たしか草間時彦先生からいただいた本だった。幸田露伴の釣りに関する文章や詩歌を集めたものだが、江戸時代から明治にかけての東京での釣りの話がどれも面白い。

金魚赤濃し都はるみのやうに揺れ

五月三十日（土）

【季題＝麦の秋】

高濱虚子は戦中・戦後信州小諸に疎開をした。その、あしかけ四年の山国での暮らしのお陰で、虚子文学は大いに幅が広がったと言われている。その暮らしを支えた人物が小諸の豪農小山栄一氏で、現在の当主はその孫美直さんである。その美直さんが近年「俳句田圃」というものを準備して、稲作に疎い都会俳人に体験学習をさせて下さっている。一寸でも手伝うと秋には収穫できた「お米」を分けて下さる。ありがたいことである。

麦秋の毛野《ケヌ》より富士の遠く小さく

五月三十一日（日）

【季題＝業平忌】

俳誌「夏潮」の編集室はウエブ上にあるばかりで、地球上の空間には無い。従ってさまざまに運営・発行を手伝って下さる方々も、定期的に出会うということがない。そこで年に一度一堂に会して、会計報告を始め編集方針などを話し合うのが「夏潮運営委員会」。二十名ほどが上野池之端に集う。今年は今日がその日なのだが。

老いぬれば寝てか覚めてか業平忌

六月

六月一日（月）

【季題＝代田】

「蝶蜻蛉」と言っても「それなあに」という方もあろう。蜻蛉の一種なのだが、一風変わっていて、下側の、やや幅のある翅を不思議に震わせながら飛ぶ。ちょっと見ると蝶々が飛んで居るようにも見える。また翅の色が素敵な瑠璃色の光沢を帯びているのも魅力的だ。私は目黒の自然教育園でしか見たことがないが、そんな東京の真ん中にもいるのだから、あちこちにいるに違いない。

来年はおぼつかなしよこの代田

六月二日（火）　【季題＝蠅叩】

新型コロナウイルス対策として、出来るだけ人と「離れて」過ごすことが、新しいライフスタイルのように薦められている。ちょっと淋しい。すでにこの数十年の間さえ「都会風」ということで、乗り物で隣合っても口をきかないのが普通になっていた。その昔は長距離の汽車などで隣合わせれば、「どちらまで」と聞くのは当たり前。身の上話に及ぶこともあった。「餡こ屋」で成功した私の祖父も、越後から東京に出て来る汽車で隣合った人が「製餡業」というのがある、と話をしてくれたのがきっかけだったという。いまや「どちらまで」などと聞こうものなら迷惑行為で車掌を呼ばれてしまうかも知れない。

打ち据ゑて発止と棕櫚の蠅叩

六月三日（水） 【季題＝実梅】

世の中のご婦人は、どうしてあんなに「ゴキブリ」を嫌うのだろう。彼こそ人間に遭うといつもいつも逃げ回って気の毒だと思う。「くつろいで髭もそよろと油虫」という句を昔詠んだことがある。彼も足先を舐めながら「なあ」と言っている。

実梅にも円熟といふ言葉あり

六月四日（木）　【季題＝蚯蚓】

虚子の文章が初めて活字になったのは明治二十七年六月、まだ京都第三高等中学の生徒だった。半年ほどの東京生活を切り上げて京都へ帰る途次の旅行記「木曾路の記」。掲載してくれたのは、子規が編集長をしていた新聞「小日本」だった。その後晩年に至るまで文章を書き続けた虚子。活字になった分量は世界一であろうと自ら豪語している。

みみずふとぶとほどけてはわがねては

六月五日（金）　【季題＝沢潟】

その決定的な敗戦を当時の国民は知らされなかったが、七十八年前の今日、六月五日。北太平洋、ミッドウエイ島付近の海戦で帝国連合艦隊は虎の子の四隻の空母と艦載機二百九十機を失った。開戦時、司令長官山本五十六は「一年程度なら暴れてみせる」との胸算用を披瀝したということであるが、結果は七ヶ月で大きな挫折を味わうことになった。それ以降、制空・制海権の無い惨めな長い戦いを兵卒達はいやというほど味わわされることとなる。

田草にはちがひなけれど沢潟は

六月六日（土）

【季題＝蛇】

小さい頃、何でも口に入れていた話は既に書いた。私の丁度十歳年上だった兄は、弟をおもちゃにして遊んだ。たとえば「エイぼう、紙は喰えるんだよ」といって、「オブラート」をちらつかせ、やがて口に入れて、モゴモゴ。次いで同じくらいの普通の「紙ぺら」を私にくれる。迷わずその紙を口に入れて、結局、飲み込めないで吐き出す私。またある時は、自分だって食べたことがないくせに「蝸牛」は美味いそうだよとさんざん言うものだから、私は生垣にいた「蝸牛」を四五箇取ってきてフライパンで炒めて、美味くはないなあと思いながら完食。あっという間にひどい下痢に見舞われた。

蛇といふ音もいとはし字もおそろし

六月七日（日）

【季題＝出水】

フランスの「季題研究」と「ハイカイ詩人」の研究を目的に、一年間、巴里に暮らしたのは五十歳になった頃。高校時代の親友「センタロー」夫妻も巴里に暮らしていた。初夏の一日、私ら夫婦とセンタロー夫婦でドライブに出発。セーヌ河畔の「モレ・シュール・ロワン」から、「ロワン運河」に添ってフランスの田舎の景色を楽しんだ。この運河は途中幾つもの「閘門」を重ねながら山を越え、ロワール川に接続している。そしてこの運河の水こそ、フランスハイカイ詩人達の出世作「河の流れに」の舞台となった船旅の流れなのだ。途中には浅井忠が愛し、子規が憧れた「グレ・シュール・ロワン」村も百年前と似たような暮らしをつづけていた。

教習所も林檎畑も出水なか

六月八日（月）　【季題＝競馬】

考えるだに恐ろしい寄生虫に「針金虫」がいる。大きくなると一メートルにもなる、まるで「針金」のような細い細い虫。こいつは幼虫のころに水生昆虫に食われ、それの羽化した「トビケラ」に、さらに「トビケラ」を捕食した、陸上の「蟷螂」へ転々と寄生してゆく。「蟷螂」の体内で大きく育った「針金虫」は「蟷螂」の脳に作用して、泳げない「蟷螂」を水辺に誘い、あろう事か「入水」させてしまう。勿論宿主の「蟷螂」は溺死するのだが、水に入った途端に「針金虫」は「蟷螂」のお尻からヌルヌルと抜け出て、生まれ故郷の水中に帰還するという。アナオソロシヤとしか言いようがない。

蹴りちらす土見えながら競馬かな

六月九日（火）　　　　【季題＝小判草】

テレビの「旅番組」は見たり見なかったり。まだ無名の若いタレントさん（家内に言わせると「貴方が知らないだけ」らしいが）が案内役で、いろんな景色に映り込み、さらにご当地のグルメを紹介。お料理を口に含んで、美味であることを顔で表現しようとするのだが、これが拙劣きわまりない。揚げ句に「ウマッ！」と叫ぶ。見ていてイライラしている私は、「そんな言い方ないやい！」と言いそうになるが、コイツがそうでもない、じつは形容詞の語幹の用法に適っているのだ。「あらたうと青葉若葉の日のひかり　芭蕉」と同様。憎まれ口ばかりきいていると、うっかりイサミアシをしそうになる。

その色の気配も見せず小判草

六月十日（水）　　　　【季題＝えごの花】

昭和二十三年の今日、六月十日。虚子一行は、戦後唯一沈まずに残っていた客船「氷川丸」に乗って北海道の旅に向かった。年尾、立子ほか、素十、杞陽、播水、比古など十数名の俳人が同行した。二十一日、北海道最後の晩は小樽の「和光荘」。その夜話で「生涯で最も美しいと思ったことを語り合ってみよう」ということになった。最後に問われた虚子は「美しいことはありません。汚いことばかりです」「美しいと言えば死というものは美しいかもしれない」と語ったという。虚子七十五歳、ちょうど今の私の年だ。

えごの白ちりてぬかるみ覆ひたる

六月十一日（木）

【季題＝火取虫】

「五番街のマリーへ」（JASRAC 031-7982-6）という曲。ちょっと西洋風で（「五番街」などという町名は日本には無かった筈）洒落た感じも悪くない。「五番街でうわさを聞いて、もしも嫁に行って、今がとてもしあわせなら寄らずに欲しい」。なんか男の優しさとほろ苦さも判る。しかし。「寄らずに欲しい」ってなんだあ。およそ日本語としては体をなしていないのに、言葉にうるさそうな親父までが頰を緩めてカラオケで歌っている。あらためて作詞「阿久悠」と聞くと、「寄らずに欲しい」が確信犯であることは一目瞭然。わざと舌足らずをやって人の心を摑んだのだ。

駅はいまも信濃追分火取虫

六月十二日（金）

【季題＝鴨足草】

「地震かやお風呂場にゐて裸なり　摩耶子」という句がある。「お風呂場の裸」が夏の季題と言えるかどうか議論になるところだが。昭和二十九年七月、鹿野山神野寺における「稽古会」で虚子選に入っている。その日の夕刻、実際に地震があって、稽古会での「風呂」は男女交代制で、その句会に出席した誰もがその風呂場の様子まで知っていたら、ちょっと面白い。真冬だったら、最初から句に詠もうともしないだろうし。俳句には百年後の人に通じる句もあれば、同じ結社の人にだけ判る句もあり、さらにその句会に居た人でないと判らない句もある。「良い句」というのは、そのすべてのケースにあってよいと思う。

水音も日にぞはなやぐ鴨足草

【季題＝風薫る】

六月十三日（土）

三年間を過ごした神奈川県にある私立の男子高校。世間的には「坊ちゃん学校」と思われているが、内実は相当に乱暴な場所だった。校舎の外れにある食堂。休み時間には腹を空かした小僧達が群がり、天丼でもカレーでも夢中になって食っている。そんな中に、箸だけ持って、ウロウロ歩いている奴。顔見知りがいると、話しかけながら、「箸」を突っ込んで「つまみ食い」する。大した分量ではないのだが、それでも数をかせげば「一食」になるという。親からもらったはずの昼飯代を何かのことで「スッて」しまったらしい。常習犯なので、そいつが来ると立ち上がって丼を抱えて逃げるやつもいる。

木道の靴音かろく風薫る

六月十四日（日）　【季題＝誘蛾灯】

かつて某大学の法学部で「日本語表現論」という講座を持っていた時のエピソード。夏休みの宿題として、ある指定した内容の「書簡」を実際に私の自宅まで郵送するという課題を出した。当然ながら私の住所・氏名を大きく板書。さて夏休み中の期日になって、およそ四百通ほどの「封書」が郵送されて来た中に、なんと「本井A様」という不思議な宛名の一通。私の睨んだストーリーは、宿題の出た日の講義をサボったある学生に、友人から電話がかかる。件の学生の質問「モトイって、どんな字？」、「日本の本に、井戸の井だよ」、「エイって？」、「英語の英、一字だよ」、「変な名前だなあ」。

鯉正は宴のたけなは誘蛾灯

六月十五日（月）　【季題＝青鷺】

戦後もしばらくはビリヤードを楽しむ人が多かった。今みたいに「ポケット」ではなく、四つ玉の「キャロムゲーム」である。ときどき父に連れられて、教えて貰うこともしばしばだった。「キュー」の握り方から、「レスト」の組み方、「引き玉」、「押し玉」などなど。「マッセ」はなかなかやらせて貰えなかった。結局、上手くはなれなかったが、忘れられない父の言葉がある。一打ごとにラッキー、アンラッキーと一喜一憂する私に向かって、「玉は打たれた通りに進むのだよ」。偶然などどこにもなく、「玉」は「キュー」に突かれた通り、正確に転がるのだと。なるほど世の中、「運」・「不運」のせいにして逃げられることは案外少ない。

青鷺の頸かしげるは何か聴く

六月十六日（火）

【季題＝十薬】

明治神宮の菖蒲田でじっと花菖蒲の句を詠んでいると、夕刻、背広姿の紳士と、あでやかに着飾った若い女性が腕を組んで歩いていたりする。どういう間柄かしらと気になって、しばらく俳句が出来なくなることがある。まだまだ修業が足らない。

十薬のきりりと白き蕾かな

六月十七日（水）

【季題＝楝の花】

「隠語」というものがある。ちょっと口にするのが憚られる言葉や、仲間内の符丁として、他人には一寸判りにくく、同時に仲間意識を深める効果もある。刑事が「デカ」だったり、「ハジキ」が拳銃だったり。一万五千円が「C万G千」なのはバンド仲間。そう言えば「H」というのは、たしか「変態」の意味、「ヘンタイ」のローマ字から「H」だったはずなのだが。現今では、もっと違うダイレクトな言葉になってしまっているらしい。

あゆみ来て咲ける楝の幹に手を

六月十八日（木）

【季題＝万緑】

いつだったか、家内と二人で三方五湖のあたりをドライブしていたら、大きな看板に「口細青うなぎ」とあった。家内は無類の「ウナギ好き」、このまま通り過ぎることは許されない。湖畔の瀟洒な食堂。昼どきとあって、店の外のベンチに何人か座って待っている。われわれの前は青い作務衣を着た老人と、ちょっと洒落た都会的なご婦人。「青い作務衣」が私におもむろに宣う。「特」を頼みなさい、「特」は本物の「天然」です。あとは何も言わないで、それぞれに別の席に案内された。その「特」がまっこと美味かったことは言うまでもない。あの「青い作務衣」は「口細青うなぎ」の精で、遠来の客の為に特別に降臨したのであろう、とは家内の説である。

万緑や釜トンネルを抜け出でて

六月十九日（金）　【季題＝パナマ帽】

昨今、ふらんす堂「編集日記」にしきりに登場する「セミオくん」と「セミコちゃん」。よくもまあ、あんなにチャンと写真に収まってくれるものだなあ、と感心しきり。ところで疑問ひとつ。あのカワセミ君たち、ときどき「しゃっくり」みたいに喉を動かすことがあるのだが、あれって、何をしているのかしら。

目の小さきことはやむなしパナマ帽

六月二十日（土）　【季題＝鶺】

鍵和田秞子さんが亡くなった。昭和も終わりに近い頃、当時、俳人協会では毎夏「夏季指導講座」と称して学校の先生方を対象に講座を催していた。そのリーダーが秞子さん、講座が終わるとお手伝いをした仲間で吟行旅行に出るのが恒例となって、ある時は甲州の西沢渓谷まで足を延ばしたこともあった。「瀧見岩にんげん声をしまひけり　秞子」なんて如何にも秞子さんらしい。しっかりと「詩」の手触りが伝わってくる。その後、秞子さんは草間時彦先生から大磯鴫立庵庵主を託され、昨年私が秞子さんから鴫立庵をお預かりした。これからは先住として鍵和田秞子を大切にお守りしていきたい。

ホタル再生プロジェクト鶺も棲み

六月二十一日（日）

【季題＝鱚】

今日は「夏至」。これから冬至に向かってひたすら「日」は短くなる。この時季に生まれた「洗者ヨハネ」は、半年後の冬至の頃にお生まれになる「キリスト様」の準備をするためにこの世に遣わされた方だという。「キリスト様」がお生まれになると日は伸びていくのだそうな。話は違うが、今日は「父の日」だという。「母の日」はあってよい。あって然るべきである。だが「父の日」はどうだろう。「毎日が父の日だぜ」と嘯きたいものである。

岬の青したたるごとし鱚の潮

六月二十二日（月）　【季題＝夏野】

鮎釣りはしない。始めたら凝ってしまいそうで怖いからだ。それと何十グラム軽いから何万円高い竿、という金銭感覚にも馴染めない。しかし、あの「友釣り」という方法には結構興味がある。朝、釣り場に着いて、二匹千円とかで「囮鮎」を購入。それにギャング針を仕掛けて河を泳がせ、縄張りを主張してつっかかってきた鮎を捕獲。こんどはその、新たに手中にいれた鮎を、囮として河に放つ。この繰り返しで次々と新参者を働かせる、これはなかなかスリリングだと思う。しかし私の場合は、一日中、最初の「囮鮎」を働かせて、最後には、そいつから、「旦那ア、もう駄目です、疲れましたゼ」と言われそうな予感もある。やはり「鮎釣」には向いていない。

段丘をのぼれば夏野あるばかり

六月二十三日（火）　【季題＝目高】

今日は「沖縄慰霊の日」。さきの大戦中、国内唯一の地上戦の繰り広げられた沖縄で、組織的な抵抗が終わった日。沖縄本島摩文仁の丘の「平和の礎」には出会うことの無かった私の叔父の名前も刻まれている。「降伏することの許されない」戦いを思うと胸がつぶれそうになる。

ヒメダカの鰭尾に付したりクロメダカ

六月二十四日（水）　**【季題＝夜釣】**

職場での、ちょっと苦い想い出。昼食後の気楽な会話で、「僕なんか、なにもかも古くて、絶滅危惧種ってとこかな」と私。「あら、絶滅期待種っていうのもあるらしいですよ」と若い数学の女性教員。

「……。」

定年を五年残して退職した理由、ほかにも勿論あったわけだが。

電気ウキ沈めばうるむ夜釣かな

六月二十五日（木）

【季題＝緑蔭】

もう十年ちかく前に、俳句仲間のＳさんの先導で愛知県の弥富に金魚の糶市を見にいったことがある。幾枚もの金魚田にさまざまの金魚。槽に入れられて、みっしりかたまった金魚の群れが、本当に「金色」に見えることを初めて知った。

緑蔭の四五人が手を振りくるる

六月二十六日（金）

【季題＝鯵】

日本人はいつから「ハグ」というのをするようになったのだろう。なんか不自然で、私にはどうも出来ない。今回の「ソーシャル・ディスタンス」とやらでやらなくなるのかしら。

飽きてきて小鯵ますます釣れてきて

六月二十七日（土）

【季題＝短夜】

志賀高原石の湯ロッジは、六十年の永きにわたって通っているお気に入りのロッジ。家族サービスだったり、若い連中を引き連れての俳句稽古会だったり。スキーシーズンは勿論、グリーンシーズンも楽しさ満載だ。そして名物はなんといっても日本で一番標高の高い場所に棲むホタル。活動の期間も長く、六月から三ヶ月ほどに亘って絶えることがない。「ホタルの句を詠みたい方」、一度いらしてみて下さい。

短夜の灯下熱帯季題論

六月二十八日（日）

【季題＝浮巣】

私が育った鎌倉山から鎌倉の町に出るのには一時間に一本のバスだけが頼りだった。六年間、鎌倉市立御成小学校に通ったのもこのバスだった。当時、ほとんどの日本人は自家用車を持っていなかった。昭和三十五年頃になって、兄の運転で鎌倉に中華料理を食べに行くことになった。そのダットサンの車中で、「日本人が、こうして自動車を持てるようになるとは思わなかった」と感慨深げに言った父の言葉が忘れられない。みな忘れかけているが、あの敗戦の傷は深かった。

浮巣出て二タ三搔きして潜きけり

六月二十九日（月）　【季題＝籐寝椅子】

今年は四月に「閏」が入ったばかりなので普段の年とは異なるが、いつもだと、この梅雨の末期の集中豪雨のころに「陰暦五月二十八日」が当たる。この日は富士山麓で繰り広げられていた「巻狩り」の最中、曾我兄弟が親の仇、工藤祐経を討った日。そしてこの日の「雨」のことを俳句では「虎が雨」という。「虎」とは大磯化粧坂の遊君「虎御前」で、彼女は兄弟の兄、十郎祐成の愛人。事件直後、箱根権現にて剃髪、兄弟の供養を兼ねて全国を行脚したという。実はこの行脚こそが「虎」による「曾我物語」の全国的流布の源だった。「語り」がいよいよその夜のことにさしかかると、「虎」は毎度声を放って号泣したに違いない。

掌をあてて偲ぶよすがの籐寝椅子

六月三十日（火）　【季題＝蚊遣火】

水無月晦日。あちこちの神社には「茅の輪」が設えられている。私の独断だが「茅の輪」を潜ることは、この世への再生の儀式だと思っている。年に二回、六月の終わりと、十二月の終わりに私達は一度死んで、そして生まれかわるのだ。たった一度の、かけがえのない「この人世」ではなく、何十回も繰り返し死んではまた生まれ変わる。ちょっと気楽になりませんか。

燃えのこる勾玉がたや蚊遣香

七月

七月一日（水）

【季題＝柚の花】

死んだ私の母は、外から帰ってきた私に「手を洗いなさい」というのが口癖だった。本当に喧しかった。そして今回のコロナウイルス騒ぎで納得のいったこと。母があれほどうるさかったのは、大正元年生まれの彼女が七歳だった頃に「スペイン風邪」が猛威を振るっていたからなのだ。だから今の子供たちが、子供を育てる年頃になると、きっと「手を洗いなさい」と、やかましく言う、頼もしい「母」になってくれることだろう。

柚の花といへば時彦大人想ふ

七月二日（木）　【季題＝半夏生】

雨の季節はまだまだ続く。「雨に濡れながら　佇む女《ヒト》がいる。傘の花が咲く　土曜の昼下がり」は三善英史の「雨」（JASRAC 001-0470-1）。この曲を口ずさむと必ず岸本尚毅さんの顔が目な裏に浮かぶ。この歌は彼の十八番だからなのだが、世の中が落ち着いて、もう少し元気になったらまたカラオケにも行きたいなあ。

誇らかに秀つ葉の白や半夏生

七月三日（金）　【季題＝夏座敷】

夏座敷家具といふものあらばこそ

明治の末年、鎌倉に住み始めたばかりの虚子に「赤潮」という写生文がある。虚子が飼い犬の「小僧」というメス犬を連れて由比ヶ浜に散歩に出た。ところが、浜にいた二頭の獰猛な大型犬に追われて彼女は海中に逃げ、溺れそうになってしまう。そこで虚子が腰まで海に浸かって、二頭の犬をステッキで追い払い「小僧」を救い出したというものだ。海の色が何かの異変で真っ赤になっていることが、この話の背景として効果的で、二頭の犬への虚子の「敵意」のようなものが効果的に表現されている。「ムカッ」とくると人目など気にしないという面が虚子にあるところが、なかなか興味を引く。「赤潮」は今でも毎年のように逗子・鎌倉の海岸に現れる。

七月四日（土）　　　　　　　　　　　　【季題＝海桐の花】

今日はアメリカ合衆国の独立記念日。若い頃、その「独立宣言」の平等思想を洵に有難いもの、受容すべきものとして教育された。福沢諭吉の「天は人の上に人を造らず」の名文もこれに源を発すると聞けばことさらであった。しかし現今のアメリカ合衆国、「ネイティブ・アメリカン」への処遇だの、未だに根強い「人種差別」にからむトラブルなどをニュースで見聞きするにつけ、「さーて」と考え込んでしまう。

標札の消えかけてゐる花海桐

その影のくつきり黒し道をしへ

七月五日（日）　【季題＝道をしへ】

三十年ほど前からだと思うが、語尾をやや揚げて、かるくポーズ（一時停止）をとる話し方が増えてきた。一種の「ためらい」あるいは「断定を避ける」言い回しなのだが、まことに人当たりが良くて、柔和な雰囲気が醸し出され、おそらく商談の場などでは有効だったのであろう。いまや一寸気の利いた表現の「定番」にまでなっているようだ。ところが言葉というものは恐ろしいもので、あまり頻発されると、今度は妙に耳にひっかかる。

七月六日（月）　【季題＝ソーダ水】

入谷の朝顔市はやはり東京に住んでいる人々のもので、神奈川県も逗子なんどに住んでいる身にはなかなか馴染めない。横須賀線に乗り込んで、やっと着いたら日が高々と昇っていて、では気分が出ないようだ。地下鉄で一本、省線に乗ればすぐ、でなければ楽しい感じにはならない。それでも俳人だから俳句を詠もうとの野心から行っては見るのだが。まともに歩けないような人出と、妙に便利な宅配便の受付ばかりが目について、なかなか俳句は出来ない。

ソーダ水恋に墜ちるといふことを

七月七日（火）　【季題＝雲の峰】

仙台の「七夕」は月遅れ、平塚の「七夕」は新暦。旧暦の「七夕」の場合、日没頃に天心に浮かんでいた上弦の月が真夜中になると西の山の端に没し、それに呼応して俄然勢いを増した「天の川」が音をたてて天空を流れる。しかし「新暦」ではそうはならない。第一「梅雨」の最中で「星」なんぞめったに見られない。

観覧車停まり幾日雲の峰

七月八日（水）　【季題＝スコール】

昨日は「星合」。その昔、渋谷の街に「プラネタリウム」が出現した当初は大変な人気だった。草深き鎌倉に住む少年もすっかり憧れてしまって、一人で（本人としては大冒険であった）渋谷まで出かけたものだ。横浜から乗り換えた東横線もどことなく洒落ていて、車内に「ストレンジャー・イン・パラダイス」の曲が流れていた（もちろんその時は曲名など知らなかった）。帰ってきて暫くはすっかり天文少年になって、自家製「プラネタリウム」を拵え、真っ暗にした天井に星々を投影してはご満悦だった。「ベテルギウス」の穴には赤いセロファン紙、「シリウス」の穴には青いセロファン紙を張るなど、それなりの工夫はしたものだった。

スコールの二波三波とてありにけり

七月九日（木）

【季題＝夏柳】

金龍山浅草寺境内の「鬼灯市」。その日にお参りすると「四万六千日」分の御利益に与れるという。一方、六月末、「茅の輪」と共に開催の芝・愛宕山の「ほおづき縁日」は「千日詣」といって千日分の御利益があるという。なんかボーナス・ポイントの競争をしているようだけど、わたし的には「千日」の方が、どこか実がありそうで好感が持てる。皆さんはどっちですか。

こもりては風ぬけてゆく夏柳

七月十日（金）　【季題＝氷菓】

高校一年の時の担任のN先生は折口信夫門下の楽しい方だった。夏の暑さで生徒達の集中力が無い時など、「今日はオレが朗読してやらあ」と仰って太宰の小説などを読んで下さった。声が良いとか、技術がどうという朗読ではなかった。しかも高校生にもなって「よみきかせ」でもないだろうに、少年達の多くは最高の子守歌としてありがたがっていた。しかし何人かは陶然と聞き惚れていた。もちろん私もそのひとりだった。

下戸となりさがり氷菓を楽しみに

七月十一日(土)　　**【季題=サングラス】**

何年ぶりかで庭の小さな池に「ヒバカリ」が来ていた。池に湧いたお玉杓子や目高を追いかけて駆け回っている。「ヒバカリ」の語源は「咬まれると、その日ばかりの命」と信じられてきたからだという。今は毒がないことになっている。四十年くらいまえまでは我が家のガレージにアオダイショウが蜷局を巻いたりしていたのに、まったく見かけなくなった。「ヒバカリ」が好きなわけではないが、生きていてくれたことに、何故かほっとする。

サングラスして妻に娘に恐がられ

七月十二日（日）　【季題＝登山】

ニイニイ蟬が鳴き始めると、しみじみ夏本番と思う。「カナカナカナ」は蜩。「ミーンミンミン」はみんみん蟬、「ジージー」は油蟬。秋になると「オーシンツクツク」と法師蟬が鳴く。あの「シャッシャッシャ」というヒステリックな熊蟬の声、関東では何時から聞こえ始めたのだろう。少なくとも私の子供の頃には聞かなかった。

登山口名代山菜そばとあり

七月十三日（月）

【季題＝夏痩】

雨に降り籠められて退屈な昼飯。夫婦二人で「たこ焼き」をすることがある。千八百円で買った「たこ焼器」、一度に二十個くらい焼ける。溶いたメリケン粉をだぶだぶ注ぎ、蛸、揚げ玉、葱、紅ショウガをパラパラ。適当なときを見計らって竹串でひっくり返して行く。くるっと上手くいく奴、妙に焦げ付いてグズグズになる奴。随分と「差」がついてしまう。それでも騙し騙しひっくり返していくと、こんがり色づくころには、どれもそれなりに「治まり」がつく。焼き始めの「差」なんて跡形もない。我が家ではこれを「たこ焼き教育論」と呼んでいる。つまり「子育て」そっくりってこと。目先の小さな「失敗」や「成功」に一喜一憂しないで、「永い目」で見れば、どの子もそれなりに「大人」になるものである。

良くできし妻夏痩もせざるなり

七月十四日（火）　【季題＝露台】

千原叡子さんが亡くなった。虚子の「椿子物語」のモデルとして有名たが、虚子の人間的な側面をさまざまにご存じの方だった。気配りの利くかたで、まことに慎重な物言いをなさるから、うっかりすると真意を測りかねるのだが、心の奥底はかたい信念に貫かれていた。虚子が、さらに一歩遠のいた虚しさを感じる。

その人や露台にひとり立たせたく

夜も更けて着くコテージの月見草

七月十五日（水）　　【季題＝月見草】

上司小剣の「鱧の皮」の初出は「ホトトギス」。われわれ関東者は「鱧」と聞いただけで、何故か恐れ入ってしまい、京都あたりのそれなりの店などで出会おうものなら、こころここにあらず。それに競べて「鱧の皮」ならあの小説を思い出すせいか、親しみを感じて大阪のデパ地下あたりで買い込んで新幹線に乗り込むことができる。あの小説をしきりに褒めていたのは「江戸っ子」の池田弥三郎先生だった。

七月十六日（木）　　　　　　　　　　【季題＝馬冷す】

病気の主たる原因であった「酒」を止めて二年半。甘いものが好きになったのは仕方がないとして、見境なく手が出るのは少々格好が悪い。家内が眉を顰めるのは、スーパーのレジ際にある「和菓子」に手を出すくせ。「水羊羹」でも「葛桜」でも、ひょいと手が出て籠に入れてしまう。昔だったら絶対にしなかった。

馬冷す早池峰山はへの字なし

七月十七日（金）　【季題＝甚平】

鱚釣りは江戸の昔から「釣り遊び」の代表。浅場で気楽なこと、釣り味が良いこと、姿が美しいこと、食味が淡白で嫌みがないこと。四拍子揃っている。

錘で底を小突くように餌を踊らしていると、ブルブルと小気味よい魚信が伝わってくる。そこでシャープに「合わせ」をくれてやると、鱚の重みで竿先が撓る。

最近、私は思い切り柔らかい竿に錘もできるだけ軽くしている。これだと「ブルブル」が無くて、一気に竿先が海面に引き込まれる。これはこれでなかなかスリリングだ。

甚平の痩せて悲しきふくらはぎ

七月十八日（土）

【季題＝衣紋竹】

私が初めて鹿野山神野寺の「夏行句会」に参加したのは昭和三十九年。心細いと言うと清崎敏郎先生が「おれも久々に出てみるよ」とおっしゃって引率して下さった。当時「ホトトギス」の理論派の雄だった青葉三角草さんもご一緒だった。その年は素十さんもわざわざ奈良から見え、私は初めて彼を「見た」。例の「蠅叩」の実物を、言われるがままに作ってもみた。虚子没後五年。虚子に会ったことがないというのは私ぐらいだった。

かたかたと軽き音たて衣紋竹

青胡桃揺るる学童疎開の碑

七月十九日（日）

【季題＝青胡桃】

京極杞陽先生に「花鳥諷詠虚子門但馬派の夏行」という句がある。この句で「花鳥諷詠」は「俳句」のシノニム。虚子門であることの矜持が凛々と伝わってくる。その但馬派の夏行句会に飛び入りで参加させていただいたのは昭和五十四年、三十四歳の夏であった。亀城館（先生のご邸宅）でさまざまに伺った先生の想い出話も、忘れることが出来ない。

七月二十日（月）　　　　【季題＝布袋草】

抜けてしまった虚子の「歯」を貰い受けて境内に「歯塚」を建立したのは千葉県鹿野山神野寺三十四世住職山口笙堂師。虚子はこの句碑に対し「楓林に落せし鬼の歯なるべし」と詠みかけた。自らが「紅葉狩」の鬼になったのである。

七月二十日の「はつか」に因んで虚子没後も「はづか供養」は続けられた。虚子没後も「夏行句会」としてこの時期に稽古会が催され、私もなんども神野寺に伺った。当時飼っていた「虎」の髭などもお土産に戴いた。爪楊枝にすこぶる具合がよかった。

くつきりと今朝の花立て布袋草

七月二十一日（火） **【季題＝船虫】**

今は「土用」。中国伝来の話はみな「木火土金水」の五行が基準。しかし季節は四つしかないので「木＝春」「火＝夏」「金＝秋」「水＝冬」と振っても「土」だけが行き場がない。そこで四季（各九十日）の末尾の十八日ずつを供出すると、五行みな七十二日ずつで恨みっこ無し。つまりそれが「土用」で各季節の末尾にある。だけど「夏の土用」ばかりが気になるのは不思議なことである。「土用」の間は本当は「土」に関わることは控えるのが本来で建設工事などには影響が出るべきところだが、現代はそんな不都合な迷信はちゃんと忘れられ、丑の日のウナギの受難ばかりが目立つ。

船虫の左にぞめき右へまた

七月二十二日（水） 【季題＝虹】

高校三年の夏、親友三人で東北旅行をした。当時流行始めた一週間「東北乗り放題」といった国鉄のクーポン乗車券を利用しての旅だった。誰が言い出したのか目的地の一つに岩手県の「魹ヶ崎」があった。本州最東端の地、灯台があった。灯台直下の磯に元官舎なる小屋があって、そこを借りて宿泊したのだが、一晩中蚊の猛攻にあって、三人とも人相が変わるほど顔が腫れ上がった。

その後、恐山、仏ヶ浦、田沢湖などを経巡った。宿泊費を払ったのは田沢湖のバンガローの一人五十円だけだった。

告ぐる人なければ虹とひとりごち

七月二十三日（木）

【季題＝海月】

今から七十一年前の昭和二十四年の今日。「夜十二時、蚊帳を出て雨戸を開け、銀河の空に対す」（虚子『句日記』）と、寝そびれた虚子は深夜の空を仰いだ。

しばしの後、「銀河西へ人は東へ流れ星」、「虚子一人銀河と共に西へ行く」と詠んだ。東へ猛烈な速さで自転している地球から、虚子はこぼれ落ちて「西」へ向かったのだ。「西方の浄土は銀河落るところ」、そこは人間として最期の場所「浄土」であった。「寝静まり銀河流るゝ音ばかり」、やっとこの句で地球上の、鎌倉虚子庵の縁側に帰ってきた。

こんな句ばかり十一句も『句日記』に残している。

横転の海月やさらに反転す

七月二十四日（金）　【季題＝裸】

コロナウイルスの騒動が起きていなければ、今日が東京オリンピックの開会式当日。一方、長野県小諸では今日から三日間「第十二回　こもろ・日盛俳句祭」が開かれる予定だった。毎年、三日間、延べ三百人以上の俳句愛好家が全国から集まって開かれる俳句会。この大会の特長は誰から見てもプロと言うべき人気俳人も、まだ俳句を初めて一ヶ月といった初心の俳人もまったく平等に俳句会の席に着くところ。出句は五句、選句は五句。吟行コースへのバスの手配、講演会、シンポジウムなどという企画も盛りだくさん。是非来年は小諸でお会いしましょう。

先生の裸や書斎より来られ

七月二十五日（土）　　【季題＝プール】

長野県小諸にある「風穴」のことはあまり知られていない。小諸の町とは千曲川を隔てて反対側の丘。その昔「御牧ヶ原」と呼ばれて、朝廷に馬を献上していた牧場の裾あたりだ。町では三十度を超えるような猛暑日でも、石垣で囲われた一角の気温は二度とか三度、薄着で近寄ったら歯がガタガタ鳴る。江戸時代には冬の間に切り出した「氷」を夏まで保存した由。村の名前も「氷」とは、良くできている。「百聞は一見に如かず」是非お訪ね下さい。

過疎ながら小学校に良きプール

七月二十六日（日）　【季題＝水飯】

今日は私の誕生日。今から七十五年前一九四五年の今日、戦に敗れたドイツ、ベルリン郊外のポツダムで戦勝国首脳による「ポツダム宣言」が発せられた。会談に使われた館は今に保存されている。その九年前の一九三六年には、はるばる日本からやって来た虚子が「箸で食ふ花の弁当来て見よや」と詠んだ場所なのに、この九年間の日本の立場の激変はどうだ。虚子に十年後のことは想像すら出来なかっただろう。さてこれから十年後や如何に。

水飯にピリ辛の漬け物もがな

七月二十七日（月）　【季題＝汗】

「ご来迎」は、高山で早朝東の地平から曙光がさして、西空に蟠っている雲中に人（自分）の姿が浮かんで見える現象。西洋では「ブロッケン現象」と呼ぶ。歳時記によっては「日出・日没を問わず」と解説するが、それは誤り。「来迎」は西方浄土からお迎えに来るものなのだから「朝」、西の雲に像が映らなければならないのである。

もっともこんな珍しい現象では、出会えなかった殆どの登山者が失望してしまうので「ご来光」と字を改めて、朝日が見えれば結構とするのが近年の一般である。しかし「ご来迎」とは異なるわけで「ありがたさ」には疑問が残る。

汗の掌でぬぐへばさらに目の染みる

七月二十八日（火）　　**【季題＝毛虫】**

「泡盛」も、「焼酎」の一種ということで夏の季題。酒をよく飲んでいたころはオンザロックなんかにしたが、本当は水で割っていただくものなのだそうな。今となってはどちらでもいい話。二年半前、この「癌」が転移したら「また飲むぞ」と宣言したのだが、「それでも、きっと飲まないでしょうよ」とは神さんの言。

操車場のやうに屯し毛虫らは

七月二十九日（水）

【季題＝金魚】

橋下にごろついて野良金魚とよ

芭蕉七部集「猿蓑」に「うそつきに自慢いはせてあそぶらん　野水」という付句がある。「うそつき」はおおぼらを吹く、一種の芸人であろう。「嘘」も時には楽しい遊びとなる。

気の置けない友人と箱根のとある植物園に遊びに行ったときのこと。「ここ、昔は僕の祖父の別荘だったんだけどね」「相続のことなんかでモメてね」「結局、人に貸して経営してもらってんのよ」と私。（勿論大嘘、友人も信じているわけではない）。作業中の園丁に向かって、親しげに「ご苦労様！」と声をかけると、園丁さんは、慇懃に「いらっしゃいませ」。一種の「ごっこ遊び」なのだが、自分の心の中で、本当は自分の庭なんだが、と思って見回すと、なんか満ち足りた気分も味わうことができる。でも、これ、気をつけないと犯罪と隣り合わせだが。

七月三十日（木）　【季題＝西日】

アサギマダラは「旅する蝶」と言われている。鹿児島やあるいは台湾あたりで羽化すると真夏にかけて本州の高原などに移動してくる。彼等の飛翔をみていると、途中でふっと力を抜いて風に身を任せることがある。「その手」で風に乗り何百キロを一気に移動するに違いない。旧作「碧落をきはめてもどり夏の蝶」はこのアサギマダラ君がモデル。

西日いま湖畔の町に張りつける

七月三十一日（金）　　【季題＝土用波】

日焼の季節である。父は色白だった。母は結構黒かった。「色の白いは七難隠す」は彼女の口癖、今にして思えば彼女の「若かりし頃」の羨望であり、嘆きだったのかも知れない。でもある齢に達すれば、そんなことはどうでも良くなる。ありがたいことだ。

河幅をしばらくのぼり土用波

八月

【季題＝桐一葉】

八月一日（土）

明治四十一年八月一日から一ヶ月。虚子はほぼ毎日、麴町区富士見町の自宅、および隣家の寒菊堂（松浜居）を会場にして俳句会を開いた。松根東洋城をはじめ、虚子に近かった面々が集まり、当時碧梧桐を中心に行われていた「俳三昧」に対抗した形だが、虚子自身は一ヶ月の修行を終えて小説の世界へと転進した。

九十八年後の、平成十八年八月の一ヶ月。私は毎日、我が家で現代の「日盛会」を催した。一日二回、計六十二回の俳句会に、延べ八百人以上の方が参加して下さった。

そして平成二十一年、八月一日から三日間、小諸市で「こもろ・日盛俳句祭」が開かれた。三日間ではあったが延べ三百人に及ぶ俳人が高原の町に集って超結社の俳句会を楽しんだ。

裏庭に桐の一葉のいたる音

八月二日（日）　【季題＝木槿】

コロナウイルスがなかなか執念深く流行っている一方、集中豪雨その他災害も、お目こぼしという訳にもいかず、列島を襲ってくる。そうした事件の報道で気になる表現に「不明」がある。新聞報道などで、「行方不明」と表現すべきところを単に「不明」としている場合を見かける。たとえば「不明老女、遺体で発見」のように。しかし「不明」には「いたらない」とか「識見の無い」といった意味もあり、これでは「行方不明」になった「おばあちゃん」の方に大いに問題があったかのようにも聞こえてしまう。踏んだり蹴ったりだ。無理に略さないで「行方不明」と言って欲しいところだ。

底紅の紋所にぞせまほしき

八月三日（月）　　　　**【季題＝稲妻】**

私の主宰している俳句雑誌「夏潮」は、毎年八月が改巻、表紙も新しくなる。今年の表紙絵は、独特の筆遣いで、南の海を描くことで有名な、日本美術院特待、清水操画伯の「浜木綿」。まことに落ち着いた柔らかい作品である。

そして毎年八月号とともに発刊している「夏潮　虚子研究号」も今年で第十輯。今回は十五人の執筆者による、さまざまな「虚子研究」。ご希望の向きには無料でお頒けしている。ご一報下さい。

稲妻が走るたび顔見合はせて

八月四日（火）　　【季題＝臭木の花】

今日は二十二年前に亡くなった久美子の命日である。その日の前日、ホスピスの医師が、「今夜はお泊まり下さい」と言った。「いよいよなのだ」と判った。明け方近くなって、息がだんだんに細かくなってきて、何かを告げようとしているのでは、と思えた、「息の音さよならさよなら夜は短か」。そして大きく息を吸い込んだと思ったら、息がとまった。

花臭木に蝶のせはしや浮かび沈み

八月五日（水）　【季題＝流星】

その昔、夏になると、普段は草加の伯父の許にいる祖母が、しばらく鎌倉山の我が家に逗留していた。夕方になると彼女の背中に「お灸」を据える役目があった。最初の艾は一寸舐めてから、黒く火傷になっている「ツボ」に据えてから点火したことを覚えている。

星飛ぶやなでふことなく夜は更けて

八月六日（木）　【季題＝白粉の花】

今日は「広島の日」。何をどう、理屈を並べても「原爆」投下に係わった人達には「罪」があると私は思う。

おしろいの幼きころのままの赤

八月七日（金）　【季題＝南瓜】

今日は立秋。「秋来ぬと目にはさやかに見えねども風の音にぞ驚かれぬる」は「古今集」の名歌。秋にはなお「暑い日が多い」のである。およそ八月一杯を「夏休み」と決めたあたりから、「夏は暑く」、「秋は涼しく」というステレオタイプが定着してしまったらしい。だから「七夕」も「お盆」も「秋」というイメージを持たない人々が増えたのだと思う。

煮南瓜を愉しく喰らひ老いけらし

八月八日（土） 【季題＝蜩】

今日は、京都六道珍皇寺さんの「迎鐘」の日。朝曇りのじりじりする露地に自転車で来た人などが列ぶ。お盆にお迎えする仏さんの名前を書いて納め、小さな鐘突堂の中に収まった「鐘」をコンコンと撞く。「金輪際わりこむ婆や迎鐘」という茅舎の句もあった。これって「名前を書いてもらえなかったら帰ってこられないのかしら」とミョウに不安になった。

蜩につつまれ逃ぐるあたはざる

【季題＝芭蕉】

八月九日（日）

今日は「長崎の日」。藤山一郎が歌った「長崎の鐘」を若い頃は、特に感動を覚えるでもなく聴いていた。しかし人生経験を積み、さまざまのことが見え始めてくると、しみじみと心を揺さぶられる思いで聴くようになった。若いことを良いなあとは思う。しかし一方老いてながらえ、すこし「洞察」ということを覚えたことを感謝したい。

水音の潺々とあり芭蕉林

八月十日（月）　【季題＝桔梗】

今日は「山の日」。山らしい山に登ったのは、六年前、若い友人Oさんに連れていってもらった「甲斐駒」が最後になってしまった。思いの外に消耗してしまい、翌日予定していた「仙丈」は諦め、伊那から豊橋まで「飯田線」の「乗り鉄」をしながら帰途についた。その「飯田線」の車窓の景の素晴らしかったこと。もう山には登れなくなっても、楽しいことは幾らでもあるものだと自らを慰めたことだった。

きちかうの莟ふくれつ面なせる

八月十一日（火）

【季題＝韮の花】

暦の上で秋になってもまだまだ暑い。夜、窓を開け放しておけば室内の灯火を目指して「虫」が容赦なく侵入してくる。俳句では、それを「火取虫」と呼ぶ。「酌婦来る火取虫より汚きが　虚子」という句があって、世間では甚だ評判が悪い。いわく女性蔑視である、冷血漢である。なるほどそういう解釈も成り立つが、本人だってやりたくはないのに他に術なく「酌婦」で生計をたてている一人の「女」を、「あわれ」と見ているとも解釈できる。「火取虫」の舞う小料理屋の二階座敷での景色だが、「火取虫」は、美しくないことを知りながらも仕方なく、「闇」から「灯火」に吸い寄せられてくる「酌婦」その人でもあるのだ。

選果場の塀のながなが韮の花

【季題＝新涼】

八月十二日（水）

美しい夕焼けというと、スリランカ、コロンボの夕焼けを思い出す。虚子も昭和十一年に「夕焼の雲の中にも仏陀あり」という句をコロンボで詠んでいる。もう二十五年も前の話だが、「ゴール・フェース」の海岸で知り合った地元の大家族と記念写真を撮ることになったとき、私の肩に手を回してきた少年のなんの躊躇いもない仕草が今でも不思議でならない。

吊橋に置く新涼の歩板かな

236

八月十三日（木）

【季題＝芙蓉】

わが家の近く、海まではもう百メートルほどの処に「富士見橋」はある。その橋の下にはいつも二十尾ほどの黒鯛が屯していて、私も含めて近所に住む何人かが釣ろうとするのだが、たやすくは釣られない。ある日の夕方、着流しのやや気障な恰好で散歩に出た帰り、まだ十代と思われるアングラーが、その黒鯛をかけたらしく弓なりにたわんだ竿でさかんに遣り取りをしていた。はじめは、おやおやと、少々羨ましい気分で見ていた私。しかし何秒か後「可愛そうじゃないか、放してやんな」とやや低い声で静かに言う。その好青年は、「ハイ、わかりました。すぐに」と私の方は見ないように返事をしてくれた。人相のあまり芳しくない、着流しの老人。背後にコワイお兄さんでもいそうに思ったのだろうか。

隠居所の庭に自慢の芙蓉かな

八月十四日（金）　【季題＝門火】

あちこちの「盆踊り」を見てきたが、西馬音内のそれが、私にはもっとも印象深い。黒い「彦三頭巾」で顔を隠して踊る姿に、「精霊さま」が実感された。

そう言えば星野立子に「西馬音内」という、まるで詩のような写生文もあったっけ。静かで淋しい調べに、立子の本性が垣間見られる。

門扉までちよつと坂なり門火たく

八月十五日（土）

【季題＝墓参】

黙禱。

思いが多すぎて言葉にならない。

ともかくあの戦争で命を落とした「先輩方」の魂やすかれと祈るばかりである。

あたま数減りつつあれど墓参

八月十六日（日）　　　　　　　　**【季題＝走馬燈】**

京都の「大文字焼き」（正式には五山送り火）をまだ見たことがない。いつかは、と思いながらこの齢となってしまった。おそらく生涯見ることはないであろう。「インバウンド」とやらを増やしてみんなで潤いましょう、とのかけ声がかかって以来、多くの観光地、特に京都は、それら「お客様」のためのものになって、私ら日本人は近づきがたくなってしまった感がある。「京都は遠くなりにけり」である。さて今年はどうなるのかしら。

角へきてゆがむ人影走馬燈

八月十七日（月） 【季題＝踊】

「万朶の櫻か襟の色／花は吉野に嵐吹く／大和男子と生まれなば／散兵戦の花と散れ」は軍歌「歩兵の本領」（JASRAC 008-9020-1）。「聞け万国の労働者／とどろきわたるメーデーの／示威者に起る足どりと／未来を告ぐる鬨の声」は「メーデー歌」（JASRAC 086-0625-1）。これらが全く同じメロディーで歌われていたことをご存じだろうか。内容はご覧の通り正反対。「メーデー歌」の二番に至っては「汝の部署を放棄せよ／汝の価値に目覚むべし／全一日の休業は／社会の虚偽をうつものぞ」とさらに激越となる。かつての日本人はメロディーに関しては存外寛容だったのかも知れない。

炭鉱《やま》がまだありし頃には踊りしと

八月十八日（火）　　【季題＝盆の月】

先日、遅ればせながら初めて「高輪ゲートウェイ」という新駅で降りた。さまざまの「思惑」の末の命名であることは想像がつくが、やはり平凡でも「高輪」が良かったなあとしみじみ思った。新しく市の名前などを命名する時も必ずもめて、挙げ句の果てに奇妙きてれつな名前になることは見聞きしてきたが、要するに日本人は地名に関して思ったより「テキトウ」なんだ、ということを再確認した。

周五里の島の頭上の盆の月

八月十九日（水）　【季題＝花火】

六月の初め、後藤比奈夫さんが亡くなった。享年百三。まことに見事な長寿であられた。物理学を専攻なさったことに起因すると思われる独自の視点と斬新な表現により、ある時期以降の「ホトトギス」を代表する作家として、世の耳目を集めた。いな「ある時期」以降、「ホトトギス」の俳句は比奈夫を軸に展開していったのだとする論者もいるほどである。戦後、上野泰・清崎敏郎・湯浅桃邑・深見けん二といった関東の「新人会」の面々とは遠く離れ、同じ関西にあって、波多野爽波ともある距離を保っていた。今後大いに研究されるべき作家であることは間違いない。

台船のしづかに黒し花火待つ

八月二十日（木）

【季題＝残暑】

魚をいじって食卓にのせることに面白さを感じるようになったきっかけに「烏賊の塩辛」づくりがある。何のことはない「スルメイカ」の刺身になりづらい部分を刻んで、胆で和えるだけのことなのだが、塩加減、添加する酒やその他の「香り」を替えながら、さまざまに試してみると、結構飽きない。材料費がそれほどかからないところもありがたい。自称「いか様堂」を名乗り、あちらこちらに、押しつけて遊んだ時期もあった。久々にやりますか。

巫女だまり残る暑さを言ひあへり

八月二十一日（金）　【季題＝法師蟬】

永年、副鼻腔炎で悩んでいた。風邪をひいたりすると、すぐに鼻が詰まってしまうのだ。内視鏡による手術を既に二回行ったが、十年ほど経つと元に戻ってしまう。そこで今回、「鼻うがい」なることを始めてみた。一寸した噴射式のノズルを鼻腔に差し込んで、ぬるま湯と薬を注入するだけのことだが、これが頗る具合がよろしい。初めは痛いのではとびくびくしていたが、そんな心配は無用だった。お心当たりの方は是非お試しあれ。

捕らはれてつくつくぼふしとは鳴かぬ

八月二十二日（土）

【季題＝初嵐】

鎌倉の小町通りをちょっと入った路地に「龍膽」はあった。その昔、東京で飲んで、横須賀線で一時間揺られ、酔いが醒めてしまった文士達が家路を辿る前に、もう一杯寝酒を啜るために立ち寄るといった風情の、薄暗い店だった。昔のことを良く覚えている女将と、物静かなご亭主。店じまいの頃は本当にお客は少なかった。ちょっと前までの鎌倉は夜が早く、小町通りも仕舞た屋ばかりだったのだ。

御射山の起伏もろとも初嵐

八月二十三日（日）

【季題＝大文字草】

今日は「処暑」。「立秋」の次の二十四節気だが、秋もここらあたりにくると、さすがに「涼しさ」を覚える日もあるという。マスクをしつづけていると、こうした微妙な季節の「移ろい」に気が及ばなくなる。悲しいことだ。

大文字草一弁さらに長きこと

八月二十四日（月）　【季題＝西瓜】

国文学者の岩松研吉郎さんが亡くなって、今日で丸一年が経つ。専門は中世和歌、特に京極為兼でいらしたが、世間的にはベストセラー『磯野家の謎』で広く知られる人となった。私とは高校時代、二年先輩として知り合ったのがはじめだったが、その後、六十年ちかく文学の上でも酒の上でも良き兄貴分だった。二人が一番くつろげたのは連句の席。俳号「誰游」さんの博覧強記にはいつも舌を巻いた。心からご冥福を祈るばかり。

持ち替へて西瓜は重し家とほし

【季題＝小豆】

八月二十五日（火）

今日は柄井川柳が宝暦七年、前句付点者として立机。「万句合興行」を行った日。わたしは「川柳」については時折「サラリーマン川柳」を読んで頤を解く程度だった。ところがこの度、大磯鴫立庵に入庵してみると、四代前の、十九世山路閑古という方は「川柳」にめっぽう詳しかった由。遅まきながら勉強をはじめねばと思っているところ。閑古氏は共立女子大で化学の教鞭をとられた化学者でありながら、「川柳」を阪井久良伎、俳諧は根津芦丈、俳句は虚子について学んでおり、さらには知る人ぞ知る、昭和艶笑文学の大家だったという。お目にかかってみたかった。

島路地のちさき空地に小豆干す

八月二十六日（水）　【季題＝大根蒔く】

私の父は甚だ頭髪の少ないタイプの男だった。そのくせ床屋さんに行くのは大好きだったので、床屋さんは苦労なさったと思う。「空ら鋏」がチョキチョキ派手な音を立てていた記憶がある。

遺伝を考えると、私も若い頃から頭髪の量が心配で心配で、床屋さんに聞くと合わせ鏡を持ってきて「見ます？」と宣う。そう言われると恐ろしくなって、未だに、自分の頭頂部を直視したことがない。なんとも意気地のない話ではある。

対岸に富山《トミサン》見ゆる大根蒔く

八月二十七日（木）

【季題＝煙草の花】

明治三十二年夏。虚子は大腸カタルをこじらせて、伊豆の修善寺に保養の日々を送った。前年十月にスタートした「東京版　ホトトギス」のことは病子規と碧梧桐に投げて出掛けたのだからなかなか度胸が良かった。その滞在記が写生文「浴泉雑記」だが妙に青臭い部分と、写生文の新機軸をなすような傑出した部分が混在している。その折滞在した「新井屋」を虚子は終生愛し、度々訪れ、多くの名作を執筆した。「新井屋」は今にその面影をきちっと留めている。こんな季節、逗留してみたい宿である。

畑隅に摘みのこされし花煙草

八月二十八日（金）

【季題＝カンナ】

「日本クラシックホテルの会」というのがあるそうな。日光金谷ホテル・富士屋ホテル（箱根）・万平ホテル（軽井沢）・奈良ホテル・東京ステーションホテル・ホテルニューグランド（横浜）・蒲郡クラシックホテル・雲仙観光ホテル・川奈ホテルの九軒。なるほどと頷けるラインアップだ。わたしは結構嫌いじゃない。虚子にも「奈良ホテル」というまことに面白い写生文があり、この手のホテルを虚子も気に入っていたことが判る。惜しむらくは下関の「山陽ホテル」が無くなってしまったことか。

来て停まる保線車両やカンナ赤

八月二十九日（土）　　【季題＝稲の花】

二人暮らしの我が家には家の中でしか通じない「隠語」が少なくない。たとえば「エンジェル・ユキチ」。子供の頃から偉い方だと尊敬した「福沢先生」だが、ありがたい「お札」となってからは、却って疎遠。たまにいらしたかと思ったら、羽が生えて飛んでいかれる。まるで森永のエンジェルのように。

稲咲くやコンクリ畦もやや古び

八月三十日（日）　【季題＝秋めく】

旧暦七月三十日は連歌師、飯尾宗祇の忌日。供養塔が箱根の麓、湯本の早雲寺にある。宗祇は「世にふるもさらに時雨のやどりかな」と、ほんの時雨の雨宿りほどの儚い「この世」を詠んだ。これに対して「世にふるもさらに宗祇のやどりかな」と詠んだ芭蕉は、大胆な「本歌取り」（季題まで隠してしまう）で自らが伝統の本流にいることを宣言。さらに虚子の「天地の間にほろと時雨かな」は鈴木花蓑への弔句のかたちをとりながらも「花鳥諷詠詩」が宗祇以来の伝統に連なっていることを言挙げしている。

となり島見ゆる近さも秋めきぬ

八月三十一日（月）　**【季題＝鰯】**

わが家では少々変わった人物のことを「変さ値」の高い人と呼ぶ。自分を棚に上げて他人様の「変さ値」を語るのは少々後ろめたいが、世の中「変わったご仁」は少なくない。「偏差値」も高すぎると心配だが、「変さ値」は高すぎると日常生活が大変だと思う。「個性的」というのも素敵だが、何事も「平凡・普通」が最も気が楽で幸せなのではあるまいか。

教へつつ互替《かたみ》はりに裂膾

九月

九月一日（火）　【季題＝夜長】

ホトトギス『新歳時記』によれば「震災忌」は九月一日。大正十二年九月一日の「関東大震災」のことである。しかし今の我々にとっての「震災」の記憶というと、平成七年一月十七日「阪神淡路大震災」の方が生々しく、さらに平成二十三年三月十一日に起きた「東日本大震災」による「津波」と「原発事故」は未だに我々を苦しめ続けている。そこで思ったこと。この列島の数千年間、人と人の「戦さ」は他の地域に競べて比較的少なかったと想像されるが、地震・津波・噴火・台風による災害は際立って多い地域であったに違いない。しかし、その「自然環境の厳しさ」こそが我々日本人の「互いに助け合う」美徳を育んで来たのでは無かろうかとも思われる。「震災忌」。悲しいことだが、これからもさらに更新されるのではなかろうか。

露伴学人著述夜長の一書たり

九月二日（水） 【季題＝萩】

「センディーちゃん」は眼のクリッとしたアフリカ系アメリカ人の女の子だった。鎌倉山の幾つかの家が米軍に接収されていた頃。海軍さんの「ケーンさん」の家の子だったが、両親は白人だった。同じ幼稚園に通っていたので、時々「西洋の匂い」のする乗用車に便乗させて貰って通ったこともあった。家まで遊びに行ってシェパードに追っかけられて大泣きしたことも憶えている。いま思えば「シンディー」、「シンデレラ・ケーン」だったのだろう。同じ年だったから未だ生きているだろうと思う。アメリカに住んでいるのだろうか。大統領選挙にはバイデンさんに投票するのだろうか。

玄関の萩咲き盛ることもなく

九月三日（木）　【季題＝野分】

コテージの窓や野分の吹き降りに

虚子編『ホトトギス雑詠選集』の中の不思議な句一つ。「親芋の子芋にさとす章魚のこと　フクスケ」。作者フクスケの本名は大岡龍男。写生文家として著名であり、ある時期NHKで声優を育てたことでも知られている。秋になると海から「章魚」が芋畑に侵入、乱暴狼藉を働くと言った民話でもあるのであろうか。ともかくも、そんな夢のような話を一句にしてしまう作者も作者なら、それを選句し、あまつさえ「選集」に再選する選者も選者である。

九月四日（金）　【季題＝花野】

これまで年に一回発行だった「鴫立庵」というパンフレットを年に四回発行することにした。これからは、さまざまな報告事項の他に、多くの方に執筆して頂いて、より親しみやすい「鴫立庵」を目指したい。コロナの影響でスタートが大幅に遅れている「鴫立庵連句初心者講座」も早く開講したいと思っている。

先着の六人を追ふ花野かな

九月五日（土）

【季題＝鈴虫】

上高地、小梨平のキャンプ地に熊が出没。キャンプ中のご婦人が大怪我をなさった。怪我で済んだのが不幸中の幸いだったが、あの素敵な楽園のような場所も、人間だけで独占して良いという訳ではなかったのだ。地球上で共に生かされているものとして、より緻密な配慮が求められることになる。

虫籠のせまきをなげき鈴虫は

九月六日（日）

【季題＝芋水車】

敬語は難しい。「お」なになに「する」は謙譲語。「お待ちします」はへりくだる言い方だ。尊敬語としたいなら、「お待ち下さい」。だから駅の放送で「お乗り換え下さい」なら結構だが、「お乗り換えして下さい」はアウト。この辺りが気になって仕方がない。

暮れてなほ停まるすべなき芋水車

カワガラスたり川霧を突きすすみ

【季題＝霧】

九月七日（月）

勤めて間もないころ。さまざまな人間関係からすっかり体調を崩し、十二指腸潰瘍を患った。岳父は外科の医者だったので、手術をしたがったが、「腹のうち」を見られるのが厭でこれを固辞。一月ほどの入院で何とか回復に漕ぎ着けた。病院の裏庭には菜園があって「秋茄子」が生っていた。「秋茄子の尻もちついている畑」という句が自然に口をついて出た。「尻もち」をついているのは実は自分なのだ。

九月八日（火）　【季題＝秋日傘】

「しっぺ」という「罰」を今の若い人はやらないらしい。「しっぺ」は「竹篦」。禅宗の指導中修行者を竹製の篦で発止と叩いて注意を喚起する道具が語源なのだそうだ。やり方は、片手の人差し指と中指を揃えて、相手の手首を打つ。これが結構痛い。トランプに負けた時とか、軽い賭け事の負けを清算するのに用いた。たわいもない「体罰」なのだが、陰湿な感じがなく、楽しい想い出によく出てくる。派生した「しっぺ返し」という言葉は現代でも通用するらしいが。大本の「しっぺ」は死語になりつつあるらしい。

背筋伸ばし肩幅広き秋日傘

九月九日（水）　**【季題＝三日月】**

虚子の『立子へ』に、此間のホトトギス同人句会の節、「いつの間にがらりと涼しチョコレート」といふ句があつたので、チョコレートと下五に置き得た人は誰であらう、と思ひながら取つたのであつたが、其がお前の句であつたのを知つた時は「はゝあ、お前の句であつたのか。」と思つた。併し此種の句もすぐ模倣句が生れるであらう。という条がある。伝統文芸なりに「新しみ」は大切なのだ。一方「深は新なり」とも言うが。

三日月に澄みきはまれり空の藍

九月十日（木）

【季題＝男郎花】

カーペンターズの「イエスタデイ・ワンス・モア」は洵に親しみやすく、甘酸っぱい曲だ。その出だしで、主人公はラジオから流れるヒットチャートの中の、お気に入りの曲を待っている。私達の少年時代にも、日曜日にはそんなラジオ番組があって、一週間分のリクエスト葉書の反映されたヒット曲を聴いて居た。ある時期は「エデンの東」が連続何十週も一位だった。思えば、その頃の若者は好きでない曲でも、黙って聴いて次の曲を待つことができた。今の若者はそんな辛抱はしないだろう。年寄りの戯言である。

帰り路はひとりぼっちゃ男郎花

九月十一日（金）

【季題＝蟷螂】

「だらだら祭」は芝神明のお祭り。生姜が名物だが、お奨めは「千木筥」。藤の絵柄がシンプルで可愛らしい、三段重ねの小箱である。「千着」に因んで、着物を沢山授かるという。随分前にお土産で神さんに手渡したが、彼女の着物が増えた話はとんと聞かない。気の毒なことである。

かまきりの顎のあたりが老婦人

九月十二日（土）

【季題＝鰯雲】

湯浅桃邑という素晴らしい俳人のいたことを知る人が減ってゆくのは、身を切られるほどに辛い。ホトトギス新人会のメンバーとして戦後活躍。ホトトギスの編集長として、その屋台骨を支えた。人柄は地味だったが、虚子の「花鳥諷詠」を最も正確に・忠実に理解していた人物だったと思う。ホトトギス社の桃邑さんの机は雑然と小山のように盛りあがっていた。しかし必要なものは間違いなく「掘り出し」て下さった。なんか「地層」のように時間軸で整理されているようだった。

七島を搦めとらんと鰯雲

九月十三日（日）　【季題＝鱸】

小学生の頃、勿論「今でも」であるが、自分でも悲しいくらいに「ヒョウキンモノ」だった。ラジオで聞きかじった落語を教卓に正座して、「たいらばやしか、ひらりんか、いちはちじゅうのもっくもく」とやると、クラスの仲間達は授業が減るので大喜びだったが、担任のI先生は、それほど面白がってはくださらなかった。学期末の通知票には必ず「注意散漫」という標語が儼然と記されていた。

鱸怒るや鰓あらひくりかへし

九月十四日（月）　【季題＝曼珠沙華】

秋も深まると、家の前の田越川で「鯊」を釣る。あるとき立派な「ヒネ鯊」が釣れた。あまり立派なので、とりあえず金魚鉢に入れて、金魚と一緒に泳がせておいた。何日かして、このままにしておくのも妙なものだと思い始めた。あの日、一緒に釣られた鯊達は天ぷらになって一家の腹に収まっているのに、こいつだけ生きているのも妙だ。じゃあ、いまさら金魚の群れから掬いとって天ぷらにするかあ？　結局、翌日、田越川に返すことになった。あいつ今頃どうしてるだろう。

川に沿ひぬ鉄路に沿ひぬ曼珠沙華

九月十五日（火）　【季題＝紫苑】

「塩辛蜻蛉」は全部オス。「麦藁蜻蛉」は全部メス。これを知ったのは還暦をはるかに超えてからのこと。世の中、まだまだ知らないことが山ほどあるに違いない。アナオソロシ。

山国の軒の低さに紫苑揺れ

九月十六日（水）　【季語＝秋遍路】

世の中「知られざる〇〇」と言ったフレーズが流行っている。正確には「ごく一部の人にしか知られていない」の謂いなのだが、人目を瞬間的に引きつける魅力がある。またテレビなどでは登場人物を「〇〇を知り尽くす」という表現で紹介する場面によく出くわす。こちらは「普通の人よりも格段に詳しく知っている」という程度が殆どで、「尽くす」の部分は誇張である場合が少なくない。「ことば」がコマーシャリズムに染められて、大袈裟で不正確になりつつあることを危惧する。

秋遍路けふ越ゆるべき岬はるか

九月十七日（木）　【季題＝蜻蛉】

およそ西洋人という人々は「自分」は変わらずに、環境を変えようとする。従って進取の気風が旺盛なのだ。だから新しいものを発明し、新天地へ冒険の旅にも出る。一方、日本人は、自らを環境に順応させようとする。だから割合我慢が利く、けど新しいことはどちらかというと避けたい。つまり原則、保守的なのだと思う。だから、どうというのではない。長所は伸ばし、欠点は補うにこしたことはない。

とんばうの諍ふ羽音ありにけり

九月十八日（金）　【季題＝鉦叩】

我が母校、鎌倉市立御成小学校の校札が、隣り合う御成中学校のそれと共に新しくなったのは、私が五年生の時。それまでは実直な感じの楷書であったものが、なんとなく柔らかく華やかな行書となり、不思議に親しみを覚えた。それが私と高濱虚子との初めての接点であった。その校札を揮毫した俳人を、生涯かけて慕うことになろうとは思ってもみなかった。縁とは不思議なものである。

鉦叩置き手紙とは古風なる

九月十九日（土）

【季題＝葛】

今日は子規忌。正岡子規の命日だ。ともかく子規は人気がある。サッパリした印象と、病に挫けない精神力が万人にとって憧れとなるのだと思う。就中、「仰臥漫録」に見える精神の健全さは頭が下がるばかりだ。

葛たけて蔓さき自縄自縛かな

九月二十日（日）　【季題＝千草】

私が育った「鎌倉山」というのは、戦前に山を削って造られた住宅地で、鎌倉駅からも大船駅からも遠い不便な場所だったが、ゴルフ場があったり、テニスコートがあったり不思議な一帯だったらしい。一方山の麓の深沢、手広、笛田あたりは純然たる近郊農村で牛でも馬でも何でもいた。そんな時代、子供達の間には妙な迷信があって「馬糞」を踏むと背が伸びるが、「牛糞」を踏むと、その逆だという。村道を歩いていて黒々と照り輝いている「馬糞」を見つけるが早いか、僕らは走っていって「それ」を踏んづけたものだ。「臭い」なんて思わなかった。

名を聞けば千草それぞれなつかしき

九月二十一日（月）　【季題＝敬老の日】

昭和九年の今日、巨大台風が室戸岬から上陸、関西地方を直撃、大変な被害をもたらした。「室戸台風」である。その日、虚子は鎌倉で家庭俳句会に参加、鎌倉鶴岡八幡宮境内で「大いなるもの北に行く野分かな」と詠んだ。当日の関西の被害の状況を号外ですでに知っていたのである。「北に行く」の措辞は、虚子の脳裏に「天気図」が浮んだからに違いない。この句、その後推敲され「大いなるものが過ぎ行く野分かな」として『五百句』に収録された。句柄が二倍も三倍も大きくなった。

敬老の日の耳遠く心また

九月二十二日（火）

【季題＝秋の潮】

今日は「秋分の日」、すなわち秋のお彼岸。春のお彼岸には「ぼたもち（牡丹餅）」だったのが、こんどは「おはぎ（萩）」。

秋の潮寄す円位堂法虎堂

九月二十三日（水）

【季題＝秋の蚊】

これもコロナの影響か「朝ドラ」を見ることが増えた。「エール」。作曲家古関裕而がモデルということで、前々から好きだった「紺碧の空」（この歌は常に一塁側のスタンドから聞こえてきていた）のエピソードも楽しめた。そしてさらに「露営の歌」、「暁に祈る」等の軍歌も彼の作という。同じく、古関作曲の「嗚呼神風特別攻撃隊」（JASRAC 000-3573-4）の歌詞に「凱歌はたかく轟けど／今はかえらぬ丈夫《ますらお》よ／千尋の海に沈みつつ／なおも皇国《みくに》の護り神」という部分を聴くと、海に墜ちた特攻機がゆっくり時間をかけて数千メートルの海底まで沈んでゆく姿が、まざまざと心に浮かぶ。

秋の蚊の羽音や悪意あるべうも

九月二十四日（木）　　　　**【季題＝守武忌】**

その昔、「天ぷら学生」という言葉があった。学籍は無いのだが、学生服を着用して、大学の内外で「学生」として振る舞う人物の謂い。学食で飯を喰い、時には講義を聴いたりもする。明確にさだめ難いが、何か「得」はしていたのであろう。黒ずくめの「学ラン」より、グレーの換えズボンの方が、一寸洒落て見えた時代の話だ。頭髪は「ポマード」でテカテカ光っていた。言わずもがなだが、「天ぷら」は「ころもばかり」の洒落である。令和の御代の「大学」にも「天ぷら君」はいるのだろうか。

度会といひ荒木田といひ守武忌

九月二十五日（金）　　【季題＝穴まどひ】

星野立子に「暁は宵より淋し鉦叩」という句がある。人間「淋しい」と思えば何時だって「淋しい」わけだが、たとえば「宵」の淋しさと、「暁」の淋しさ、どう違うのだろう。これと言った根拠は無いのだが、「宵」の淋しさは若い頃のもの、「暁」の淋しさは大人になってからのもの、という感じはする。

穴まどひのなさざるべからざることけふも

九月二十六日（土）　**【季題＝鯊】**

今日は旧暦八月十日、西鶴忌である。小説家に転身する前の西鶴は俳諧師。当時流行っていた「矢数俳諧」にとどめを刺す、一昼夜二三五〇〇句の記録を打ち立てたという。わが鴫立庵初代庵主大淀三千風もこの「矢数俳諧」のスターだった。さてさて辞書を引けばこのくらいのことは書いてあるのだが、明治以降、近代になってこの「矢数俳諧」を興行した話を聞かない。死ぬ前に一つ試みてみましょうか。

おあいそや鯊のバケツを覗き込み

【季題＝松虫草】

九月二十七日（日）

高木晴子著『遙かなる父・虚子』の中に、「母に聞く」という、虚子夫人糸の懐旧談がある。そこには次々と虚子の赤裸々な実像が描かれていて洵に面白い。まだ虚子が書生で、糸の父が営む下宿屋にいた頃の話。「その頃、おくにから三十円ぐらいづつ送金があると、すぐお父さんは飲んでしまつたと云ふお話だつたわね。」（晴子）。「三十円なんか、とんでもない、七円ですよ。」（糸）。当時の一円は、およそ今の一万円ほどか。女性の記憶は実にシビアーである。

松虫草あひ逢ふことのはたと失せ

九月二十八日（月）

【季題＝蕎麦の花】

大正十年の今日、財閥の総帥、安田善治郎が大磯の別荘で朝日平吾なる暴漢に襲われて絶命している。朝日の「斬奸状」なる文には「奸富安田善次郎巨富ヲ作スト雖モ富豪ノ責任ヲ果サズ」とあったという。実は安田は東大の安田講堂、日比谷公会堂など多くの寄付行為をしていたのであるが、敢えて匿名としていたので、世に知られていなかったらしい。イスラムの世界では「ザカート」という喜捨行為がなすべきこととして定められている由。日本でも江戸時代あまり儲けすぎた商人は「打ち壊し」に遭ったという。現代の「お金持ち達」や如何に。

蕎麦咲くや村もはづれのなぞへ畑

九月二十九日（火）

【季題＝水澄む】

「筆は一本、箸は二本なり。衆寡敵せず」は斎藤緑雨の名言。下世話な言い方をすれば「文筆なんぞじゃ、食えませんぜ」というところか。この台詞、昔、新橋烏森のあやしげな飲み屋の二階で杉本零さんから聴いた話に出てきた。そう、零さんも「筆」じゃ食えなかった。

足を抜きあぐればすぐに澄める水

九月三十日（水）　【季題＝爽やか】

「コンバイン」は一台で刈り取りと脱穀を同時にこなす新型の農機具。近年の稲作には無くてはならない機械だ。それでは秋の季題になっているのかと思うと、さにあらず。実際、無くてはならぬ「秋」の農機具のくせに、俳句の上では認知されていないのだ。そして俳人のお好みは、相変わらず「手刈り」であり、「稲架」であり、「案山子」などなど。この上なく便利な都会に住む多くの俳人達にとって、「稲作」は「なつかしい」、「趣のある」、「詩情あふるる」ものであって欲しいのかも知れない。しかし稲作は現代でも農業の根幹、現実そのものだ。「写生」を俳句の基本と考えるなら、「コンバイン」は季題であらねばならぬ。

晩節の日々爽やかを心がけ

十月

十月一日（木）

【季題＝赤い羽根】

今宵は仲秋の名月。四月に閏月が入った関係で、いつもの「名月」よりややや「ひんやり」する宵になりそうだ。どうか全国津々浦々の空が晴れ渡りますように。

赤い羽根議員バッジを目立たする

十月二日（金）　【季題＝秋晴】

私の通った港区の私立中学では秋になると「展覧会」があった。一年生の時、夏の「林間学校」の報告展示として「箱根」がテーマになった。しっかりした連中はちゃんと「立体地図」の制作などをする中、私のグループは「箱根の雰囲気」を再現するという「怪しげな」仕事を提案してしまった。会場の教室に樹木を模した飾り付けをしながら、「そうだ、大涌谷を再現しよう」ということになった。紙粘土で拵えた「岩」に「金盥」を埋め込み、泥水を溜めて「ドライアイス」を投げ込む。あとは「匂いだ！」。理科室へ行って「硫化水素」を作ってもらい、試験管を「岩」に埋め込む。「硫化水素」の番をしているうちに嗅覚がおかしくなって、「匂わなくなる」。そこで試薬をどんどん加えたからたまらない。学校中が「大涌谷」になってしまった。

撮り鉄が並ぶ川端秋の晴

【季題＝濁酒】

十月三日（土）

昨日の続き。二年生の林間学校は「富士山麓」だった。去年の失敗をすっかり忘れた私は今度は「白糸の滝」に挑戦。しかも「本水！」。ビニールで囲んだ「紅葉の滝の絵」の前をヒゲタ醤油の一斗缶に満たした水を「ちょろちょろ」流す。滝の下に溜まった水は手動ポンプで上部の一斗缶に戻す計画だ。裏方が一人、時々手動ポンプを押す必要があるが、その辺は「人海戦術」で乗り切る計画。ところが始まって三十分もしないうちに階下の廊下に水が漏れ、大騒ぎになってしまった。ビニールのどこかに「漏れ」があったらしい。勿論「即刻中止！」。

いつの間に消えし雨音濁酒

十月四日（日）　**【季題＝桜紅葉】**

昭和三十一年の今日、虚子は金沢にあり、「暁烏文庫内灘秋の風」という句を詠んだ。「暁烏文庫」は金沢大学に設けられた浄土真宗の高僧「暁烏敏」の旧蔵本を収める施設。「内灘」は金沢郊外、戦後そこに出来た米軍の射爆場を巡って「内灘闘争」が起きた。虚子生涯の盟友「暁烏」へのしみじみした情と、米国占領下で新しい道を模索し喘ぐ「祖国」への想いが綯い交ぜになった名句だと思う。「秋の風」に万感の思いが籠められている。虚子が、新聞「日本」、「国民新聞」以来のナショナリストであることを忘れてはならない。

桜紅葉日露戦役忠魂碑

十月五日（月）

【季題＝稲雀】

七十三年前の今日、高濱虚子は足かけ四年を過ごした小諸の地を去るに臨んで、「人々に更に紫苑に名残あり」と詠んだ。虚子にとって「紫苑」は山国らしい素朴な美しさと優しさをそなえた花であった。その小諸虚子庵ゆかりの「紫苑」が今日もわが家の庭に咲いている。

稲雀湧いて大きくゆがみけり

十月六日（火）

【季題＝通草】

本当に寒くなってしまうと出来なくなるので、庭の「池」の「掻い堀り」をした。「池」などと言っても十数年前に一人で掘った、畳二枚ほどの「水たまり」なのだが、「菖蒲」「蒲」「河骨」「沢瀉」「半夏生」が生え、目高や赤手蟹が動き回っている。掘り進めると、「睡蓮」の根を沈めた植木鉢などが幾つも「出土」してさまざまの想い出が蘇ってくる。そうそう、たった一回だけ「水芭蕉」の咲いた春もあったっけ。

別荘の売りに出てゐる通草かな

十月七日（水）　【季題＝下り簗】

すでに何回か書いたが、勤めていた私立高校はまことに自由の気風の横溢した処だった。ある年の私の授業は「カキトリ」。漢字の書き取りでもするのかと思うとさにあらず。「柿取り」に代表される屋外授業。その学校はもともと農業高校として設立した経緯から、広大な敷地の中に農地あり、果樹園あり、かつてはさまざまな家畜の飼育もしていた。中でも柿畑の柿は立派で、実に美味。それを授業時間を使って収穫しようというのである。「柿の俳句」を作るというオブリゲーションを課せられながらも生徒達は楽しい時間を味わった。別の年には「竹取物語を講ずる」という建前で校内の竹林の整備を行ったこともあった。ついでに「竹とんぼ」を作って競技会をした。勿論、雨が降れば古典のご講義。生徒達はひたすら「晴れ」を祈っていたっけ。

下り簗降《フ》れば鰻もまじるべく

十月八日（木）　【季題＝鶺鴒】

昭和五年の今日、十月八日。虚子は「武蔵野探勝会」で手賀沼を訪れた。その沼畔での小さな出来事を記した写生文が「沼畔小景」。そこには蝗・蟷螂・蛙・蛇・猫がくり広げる「食物連鎖」の非情が坦々と描かれている。虚子の世界観が端的に顕れている作として小品ながらお薦めの写生文である。

鶺鴒のとどまり浮かぶとき大き

十月九日（金）　　　　【季題＝菊人形】

近年の「歳時記」では、「小鳥」・「色鳥」は秋季なのに、「眼白」「四十雀」「山雀」は夏季なのだそうな。江戸時代の季寄せ類ではみな「秋八月」、つまり仲秋のものとされていたのに、戦後一部の愛鳥家や声の大きい評論家の提唱でこうなったという。「伝統文芸」ということを今一度しっかり考えてもよいのではないか。

今年はも菊人形もマスクして

十月十日（土）

【季題＝棗】

ごく最近までこの日は「体育の日」という祝日だった。昭和三十九年の東京オリンピックの開会式が行われたことに因んでの制定だ。このために「運動会」という季題まで「秋」に定まってしまった。かつては「春季運動会」、「秋季運動会」が両立していたのだが「秋」の勝ちということになったのだ。さてさて、こたびは一年延期された「東京オリンピック」。果たして来年には出来るのだろうか。心配事の一つですね。

摘みとりて棗三つ四つおてのくぼ

十月十一日（日）

【季題＝紅葉狩】

『歳時記』とは不思議な書物で、俳句のテーマたるべき季題として、現代ではまったく廃れた制度・風習なども平気で記載されている。その代表の一つが「毛見」。江戸時代に行われていた米の作況調査である。とても写生など出来ないから、さまざまな場面を脳裏に描いて一句にする。たまには大河ドラマの監督にでもなったつもりで、「毛見の衆」の演技指導をするように作句するのも楽しいではないか。

昃れば心許なの紅葉狩

十月十二日（月）　**【季題＝四十雀】**

「誘うたと芒さそはなんだと萩は　英」という句をかつて詠んだことがある。中世の俗謡にでもありそうな気分を詠んでみたかった。「恋の気分」というものは幾つになっても、後期高齢者になっても人を元気づけてくれる。そう言えば、鳴立庵、先々代庵主、草間時彦に「色欲もいまは大切柚子の花」という句もあった。

五十雀とてもをるなる四十雀

十月十三日（火）　【季題＝御命講】

いま流行の「サラメシ」ではないが、勤め人にとって昼食は「一大関心事」。ある頃から同僚のYさんと私は、町で買ってくる「お弁当」を競うようになった。「美味いか」、「安いか」、「見た目は良いか」。中でも「安さ」は一番の争点に。近くのスーパーまで行って、ともかく「安い」お弁当を求めた。そして最後に辿りついた究極の「お弁当」。なんとYさん、試食コーナーを行ったり来たりして集めた「食品の断片」を持ち帰って、これ以上無いといった得意顔で私を待っていた。「タダ」というわけだ。「サラメシ戦争」、これであっけなく終わった。

池上は気風下町御命講

十月十四日（水）　【季題＝鰯】

今日は「西の虚子忌」。昭和三十四年のこの日、比叡山横川にある「虚子之塔」に虚子は分骨された。今や関西に住む虚子門の人々には虚子を偲ぶ大切な日になっている。「西虚子忌」では少々言葉が落ち着かないので、「虚子会」と呼んではという提案がなされたこともあったが、結局はそのままの呼び方で続いている。

鰯群れてしじむらだてる海面かな

十月十五日（木）

【季題＝夜寒】

主権在民。公僕たる「政府」に対して、厳しく要求するばかりでなく、主人として「使用人」の小さな失敗などは大目に見てやる度量も必要。七十歳を過ぎた頃からそう思うようになった。

夜寒さをさらにソーシャルディスタンス

十月十六日（金）

【季題＝破芭蕉】

「零式艦上戦闘機」の最も優れた性能の一つに、その驚くべき航続距離がある。さまざまな資料があるのだが、二〇〇〇キロを超える航続距離は遠距離での戦闘を可能にし、連続六時間を超える操縦時間をパイロットに強いた。華々しいドッグファイト（空中戦）以前に「小用」などの、生理現象との戦いもあったに違いない。前立腺の不具合で頻尿気味の老人には、そちらの方が気になって仕方がない。

破芭蕉なほ玉巻くもありながら

十月十七日（土）　【季題＝村祭】

「松手入」という秋の季題が好きだ。「松」と言えば「何とて松のつれなかるらん」の松王丸も立派だし、「色変えぬ松」も「節操」の象徴。さらに花札の「松」、「鶴」との図柄もめでたい。そして実際「松手入」をしているときの職人のうれしそうな顔と手つき。他の木に対するときとは態度が違うように見える。

村祭コンビニ前に屋台出て

十月十八日（日）　【季題＝式部の実】

作庭家たるを夢見て式部の実

「山雀のをぢさんが読む古雑誌　虚子」。『六百五十句』所収、昭和二十五年十月二十六日の作で「物芽会　角正」と注がある。「角正」は鎌倉八幡宮三の鳥居の脇にあった老舗の旅館。そして問題なのが「山雀のをぢさん」。私はこの「をぢさん」を憶えている。八幡様の境内で自転車の荷台に鳥籠を載せて、「山雀のおみくじ」を売っていた「をぢさん」。今では野鳥を飼うことすら禁じられていて、「山雀のおみくじ」自体が無くなってしまったが、昔は洵に可愛いものであった。いまにこの句、判る人が居なくなるかもしれない。

十月十九日（月）　**【季題＝べったら市】**

「やや寒」、「うそ寒」、「そぞろ寒」、「肌寒」、「身に入む」。どれも似た季題だが、微妙にニュアンスが異なる。俳人としての感覚がもっとも厳しく問われる時だ。頭で考えるのではなく、「口をついて出た言葉」を信ずるしかない。

残業やべったら市も素見して

十月二十日（火）　【季題＝落花生】

虚子に「木曾川の今こそ光れ渡り鳥」という名句がある。恵那中津川の四時庵での吟だが、今まで何人かの俳人が「渡り鳥」に強く命令して云々と解釈をされたのを、実際見聞きした。もちろんそれは誤りで「こそ＋已然形」の係り結びなのだが、うっかりするとそのことを見落としてしまう。しかし、そんな簡単な失敗を招く、「力強さ」がこの句にはあるらしい。

黒土をほろほろ抱いて落花生

十月二十一日（水）　【季題＝蘆の花】

今から七十七年前、昭和十八年の今日、明治神宮外苑競技場で「学徒出陣」の壮行会が開かれた。雨の降る肌寒い日であったという。私の生まれる二年前の出来事で知る由もないのだが、肌理の粗い記録映画に残る「学徒」達の姿を目にするたびに心が痛む。そして掠れながら流れてくる行進曲の名は「抜刀隊」。外山正一作詞、シャルル・ルルー作曲。なかなかの名曲で、現在でも陸上自衛隊の分列行進の曲として演奏されている。確かに名曲なのだが、さまざまのことを考えると、やはり今は「別の曲」にした方が良いように思う。

船宿の裏が桟橋蘆の花

十月二十二日（木）　【季題＝一位の実】

今日は虚子の五女、高木晴子先生のご命日、平成十二年のことだった。先生は昭和四十五年秋、脳血栓で倒れられた星野立子先生に代わって「玉藻」の雑詠選を担当、十四年の長きに亘って「玉藻」を導かれ、その後は俳誌「晴居」を創刊主宰された。小柄なお体の何処にそんなエネルギーがあったのか驚くが、ロンドンのキュー・ガーデンに虚子の句碑を建てたり、小諸に虚子の記念館を建てる運動を導いて、とうとう開館に漕ぎ着けられたが、その年に力尽きたように身罷られた。近年、虚子を研究する学徒が少なくないという。先生は天国で莞爾とされておられることであろう。

生垣の尺余の厚み一位の実

【季題＝刈田】

十月二十三日（金）

まだ大学生だった頃の秋晴れのある日。鎌倉駅のホームに滑り込んできた電車のブレーキが散らした鉄粉を眼に受けてしまった。眼のどこかに刺さっているらしく、痛くて涙が出てたまらない。そのまま駅の近くの眼科へ。先生は驚きもしないで、「はい、ここに座って。この台に顎を乗せて。こっちを見て。」と言いながらピンセットのようなものを私の眼に寄せてくる。次の瞬間、私は気を失って後ろへ仰向けに倒れ、腕時計はそのショックでバラバラになって飛び散った。眼も耳も利かない暗黒の世界に暫くいると、遠くの方で先生が看護師を呼ぶ声。「ビタカン！　ビタカン！」「ずいぶんヨワムシだねえ」「真っ黒だから、もっと強いのかと思った」。結局、今度はベッドに寝かされて眼から鉄粉を抜き取って頂いた。弱虫で気の小さいことは一生ついてまわっている。

伊吹山見ゆ刈田原どこからでも

十月二十四日（土）　【季題＝障子洗ふ】

もともと色黒で鼻の下には髭がある。四十年ほど前、メキシコへツアー旅行に行った時など、同業者と思ったのだろうか、私にだけは土産物の押し売りが近づいて来なかった。メキシコの人から見てもメキシコの人だったのだ。そして神さんもまた、ややエキゾチック。タガログ語が口をついて出そうな雰囲気を醸し出している。ある時二人、東京駅の新幹線口でうろうろ迷っていたら、いつの間にか近づいてきた警察官に「ナニカオコマリデスカ？」と妙に親切に、しかし眼光鋭く質問されてしまった。あとでよくよく考えたら、やんわり「職務質問」をされていたらしい。

ちやら瀬へと洗ふ障子を倒しけり

十月二十五日（日）

【季題＝柚子】

いつかは偉い学者になるのだと一生懸命勉強していた学生時代。国会図書館へもよく通った。いまでもあるだろうか、出納台の上に書かれた「真理がわれらを自由にする」の文字。あのころの何百分の一に縮んでしまった「私の学び」の夢だが、「真理」を希求する態度は変わっていないつもりだ。

はびこれる台湾栗鼠が柚子の敵

十月二十六日（月）　【季題＝草紅葉】

「ただ今！　子供達は？」は帰宅時の私の口癖。「子供」とは二歳の「ウナ♂」と「ハモ♀」の猫の兄妹。「ウナ」は白と黒の「ハチワレ」。「ハモ」は三毛の「ＱＲコード」？つまり顔面いっぱいに細かい模様が描かれていて、まるで表情が読めない。でも彼女の短い指を摘みながら「そろそろ、美味しそうになったねえ」と魔法使いのおばあさんのような声で話しかけると、たまらなく不安そうな顔をするようにも見える。薪ストーブの季節も近い。

ラフティングは今週かぎり草紅葉

十月二十七日（火）　【季題＝柳散る】

小学生の頃の記憶。秋雨の降るつれづれの中で、姉と従姉と二人が「クレープ」を焼いて遊んでいる。綺麗に出来るのもあるが、失敗することもある。そんなとき二人は私を呼んで、「エイちゃん、これ食べてもいいわよ」と親切そうに言う。私は嬉しくなってしまって「いただいていいの？」と少々恐れ入りながら食べる。しばしの後、また二人のクレープが失敗すると、声がかかる。「エイちゃん、これもいいわよ」。私はまた嬉しくなって、「これも、いただいていいの？」。かくして二人の少女は、綺麗に焼けたクレープだけを素敵なお皿に載せて、素敵な「ハイ・ティー」を楽しむこととなる。

柳散る嫌ひなものに顎マスク

十月二十八日（水） 【季題＝鹿】

十数年前に買ったレガシィ・アウトバック。実に頑丈で既に走行距離十七万キロを優に超えている。それでも特に困ったことはないのだが、さすがに少しずつ不具合も出てきた。その一つが車名のエンブレム。後部ハッチの下に「OUTBACK」と貼ってあるのだが、そのうちの「U」と「B」と「C」がいつの間にか剝がれて無くなってしまっている。ある時それに気が付いて、声に出して読んでみたら「レガシィ・おたっく」。それも「北欧風」で悪くないなあ、と最近は思っている。

鹿の眼の玻璃玉こぼれ落ちんとす

十月二十九日（木）　【季題＝蜜柑】

今宵は十三夜。明治三十七年の「十三夜」、京都にあった虚子は東洋城、鱸江らと語らって、夜分、深草方面に吟行に出た。翌晩は「鞍馬寺」、その翌晩は「比叡山」、さらに翌晩は「琵琶湖湖畔」。この四夜連続の夜間吟行は「四夜の月」と名付けられて、その後数年の間、毎年の恒例となった。近年それを真似て夜間吟行をしたという話は聞かない。来年辺りやってみますか。

海の照り反しが蜜柑甘くすと

十月三十日（金）　【季題＝行秋】

高校時代からの仲良しK君と、国文科での先輩Hさん。どちらも女性には興味のないタイプ。当時は二人とも海外の大学で教鞭をとっていたのでなかなか逢う機会が無いのだと言っていた。それが何年ぶりかで渋谷の「フランセ」で待ち合わせをしたそうな。K君が先に着いてお茶を飲んでいると、遅れてお店に入って来たHさん。つかつかとテーブルに近づいておもむろに曰く。「んまー、あなたすっかりおばあちゃんになっちゃって！」近くのテーブルにいた女性客たちはそこにいる「おじさん」二人を見て、「んん？」。あんな恥ずかしい思いをしたことはなかったわよ、とはK君が私に語った話。

行秋を突然訪ねくるる人

十月三十一日（土）

【季題＝崩れ簗】

今日は「ハロウィン」とか。この何年か急に流行りだして、今や渋谷あたりは大変な人出だそうな。ケルトの正月に「死者」がやって来る話は、日本の正月の「年神さま」や盆の「精霊さま」と似ている。その点親しみを覚える人も少なくないのだろう。子供達が仮装をして家ごとにキャンディーをもらって歩くなど、楽しそうなことならすぐさま取り入れる日本人を「軽薄」と蔑む人もあるが、その宗教的にややルーズなところに「寛容」のよろしさを見る人もいる。異教徒を不倶戴天の敵とみなす宗教も世の中にはあるなかで。

崩れ簗のあたりことさら逆巻けり

十一月

十一月一日（日）　【季題＝神渡】

今日は大磯鴫立庵で「連句初心者教室」が開かれる。講師は私。本来は四月に開講していたはずのものだが、「コロナ騒ぎ」で延期となり、漸く先月から鴫立庵を会場としてスタートした。全六回の講座を無事卒業された方々とは、新たに「鴫立庵連句勉強会」を立ち上げ、ご一緒に「連句」を楽しみたいと思っている。第二期の講座は来年の四月四日（日）から。毎月第一日曜日の午前中、受講者募集中である。連句に興味ある方は大磯鴫立庵までお問い合わせ下さい。

沖空のにはかに暗し神渡

十一月二日（月）【季題＝冬めく】

来たる五日に入院、六日に前立腺癌の手術が予定されているのに先立って、ＰＣＲ検査を受けることになった。病院もなかなか慎重である。

冬めくや遠つ淡海奥ふかき

十一月三日（火）　　　　【季題＝十夜】

今日は文化の日。虚子は昭和二十九年に文化勲章を受章した。それに先立つ昭和二十六年に受章した初代中村吉右衛門は「虚子先生より先にいただいて申し訳ない」と言っていたそうな。「文化包丁」「文化住宅」「文化干し」など、「文化」もさまざまある中、「文化勲章」はさすがにありがたいものだろうと思う。

お十夜や夜店きらきら海ほとり

十一月四日（水）

【季題＝山茶花】

明治四十四年の今日、与謝野鉄幹の渡仏を励ます送別会が上野精養軒で開かれた。一時一世を風靡した鉄幹も「明星」の廃刊以来不振続き、それを打破するための外遊であった。ところで虚子に、その日の事を克明に記した写生文「鉄幹君の送別会」がある。文中、当日参加した森鷗外と虚子のやり取りがまことに面白い。虚子の愚痴っぽい言い草を通して鷗外という人物像が見事に描写されている。虚子の写生文としても一級品だと思う。

山茶花のころや雨ぐせとれぬまま

十一月五日（木）

【季題＝冬耕】

若い頃から何度も何度も見てきた、恐い夢。それは行った事もないシベリヤ辺りの荒野を人々が八列縦隊、五十メートルくらいの集団で歩いている夢だ。勿論、私もその中ほどにいる。若いころのものは、前方で誰やらが倒れたという声が聞こえて来るのだが、自分の前には大きな背中が幾つもあった。中年になってからの夢では、思いも掛けず横の方にいた人物が音もなく倒れると、私の真横に突然「地平線」が見えた。そして近年見るものは、以前まで前方の地平線を隠していた背中の多くが消えて、随分はっきり前方の丘が見渡せる。今までは感じた事のない前方からの、ゾクッとするような「風」が私の胸元に当たってくる。

冬耕の直下に小さし船溜

十一月六日（金）

【季題＝大根】

今日は、半年前に見つかった前立腺癌の手術の当日である。担当のお医者さまが、大丈夫と太鼓判を押してくださるので、それほど心配しているわけではないのだが、「でも」である。

抜きあげて三浦大根中太り

十一月七日（土）　【季題＝蒟蒻掘る】

今日は立冬。冬になった「時」を端的に表すのは「時」の「雨」。「時雨」である。夏になったことを表す鳥が「時鳥」であるように。

蒟蒻をまだ掘つてをり夕まぐれ

十二月八日（日）

【季題＝青写真】

京極杞陽先生が亡くなったのは、一九八一年の今日。享年七十三。今の私より二歳も若かった。でも随分お年を召した方のように見えた。豊岡で催された、平成十九年の杞陽忌に私は「偲ばれてやがて仰がれ杞陽の忌」と詠んだ。近年さらにその思いが深い。虚子文学の最もコアな部分は杞陽に受けつがれていたのだと確信する。

濡縁のささくれに置く青写真

十一月九日（月）　【季題＝短日】

手術無事終了。昨日、逗子に戻った。暫くは家で静養。前立腺の中に小さな放射線源を埋め込んであるので、一年以内は、そのまま火葬には出来ませんと医師に言われた。慎重に生きなければ。

グループホームや短日を託ちあひ

十一月十日（火）　【季題＝水鳥】

「ムーン・ボウ」は月光で立つ「虹」。ご覧になった方は多くはあるまい。しかし結構高い確率で見ることの出来る条件はある。それが「時雨」だ。冬の京都あたりによくある、降ったり止んだり、日照雨だったり。そんな日々の夜、月がある程度ボリュームのある時期。つまり時雨の中の虹を、夜分に探せば、存外高い確率で遭遇できる。私も、ある年、京都の大原で、「出ているかも」と思って探し当てた記憶がある。うすうすと美しいものだった。

水鳥の急に増えしとにはあらで

十二月十二日（水）

【季題＝枯柳】

私はアンパンマンよりばいきんまんの方に親近感を覚える。しょくぱんまんには親しみが持てないし、カレーパンマンはどこかバッチイ。これは勝手な想像なのだが、長男・長女はアンパンマンが好きで、次男・次女はばいきんまんが好きなのではなかろうか。常に愛されることに馴れている長男・長女には、あのばいきんまんの屈折した悲しみが解らないのだと思う。「アンパンマン」の登場人物は多くが「食べ物」の名である。それにしても今の子供達、なんと洒落た食べ物を沢山知っていることか。

顎擦つて着く川船や枯柳

十二月十二日（木）　【季題＝息白し】

茶の花は不満の捌け口として咲くそうな。現状に対する不満や不安があると沢山咲き、実り、次の世代のステージに期待をかける。従って本当に良い環境で育てられている茶畑の木はあまり花を付けないという。現状に満足しているからだ。この話、寓話のように解する人もあれば、そうでない人もあろう。

白息の溶けあひ男女かな

十一月十三日（金）　【季題＝枯芙蓉】

今日は胃カメラの予約がしてある。三年前の咽頭癌の転移が無ければ万々歳である。咽頭癌の転移先としては食道・胃が多いと聞いているので心配はしている。胃カメラを呑むコツは。鼻の穴を大きく開いて、出来るだけゆっくり鼻呼吸をすること。最近大分上手くなってきた。前回など技師の方に「お上手！」とお礼を言ってしまった。

枯芙蓉握りつぶせば粉々に

十一月十四日（土）　　【季題＝桜鍋】

今日は「二の酉」。お酉さまである。その昔、この日に「お茶を挽く」ようでは吉原の女郎の恥であったそうな。現今のお酉様は「健全な」お客さんで賑わっている。ところで今年は「三の酉」まであるから、火事が多いかもしれない。久保田万太郎に「三の酉」という大人っぽい、良い小説があった。

酒断てば桜鍋にも足向かず

十一月十五日（日）　　　　**【季題＝玉子酒】**

今日は「七五三」の日。さあて、「七五三」なんて私、祝ってもらったかしら。もちろん記憶にはない。戦後のゴタゴタの最中、無理にねだる知恵などなかっただろうし。

スパッツのお尻美し玉子酒

十一月十六日（月） 【季題＝山眠る】

寒くなると鮟鱇鍋が食いたくなる。神田のいせ源が何と云っても有名で醬油仕立てが都会的だが、産地の平潟港あたりへ行くと味噌仕立て。人によってはこの方が鮟鱇らしいという。ところで我々が喜んで食べているのはすべてメス。オスはというと寸法は十センチほどで、メスに咬みついて交尾をしてからは餌を獲るのも泳ぐのも辞めて、ひたすら寄生するばかりの一生を送るという。世の中万事、メスが偉いことは、すでに黒鯛の項で話したかと思うが、究極の「ヒモ人生」は鮟鱇に極まったりといえよう。でも幸せかなあ。

懐にダムを抱きて山眠る

十二月十七日（火）

【季題＝薬喰】

「柴漬」は「フシヅケ」。冬、河や湖の静かな辺りに、ボサや笹を沈め、憩いを求めて集まってきた小魚をタモで掬うという漁である。虚子に「柴漬に見るもかなしき小魚かな」という有名な句があるが、若かりし頃、これを「シバヅケ」と訓《よ》んで湯浅桃邑さんに叱られたことがあったっけ。

愛されて全但バスや薬喰

十一月十八日（水）　【季題＝鯨】

「鷹」は冬の季題。しかし句に詠もうとするとなかなか大変。伊良湖岬や白樺峠といった「メッカ」まで「渡り」を見に行くのも一つの方法だが、なかなか大ごとだ。せいぜいインターネットで「全国ネットワーク」の日々の数値を見てはため息をもらすばかり。ところが東京のど真ん中に、野生の「オオタカ」が営巣・定住している場所が複数ある。その一つが目黒自然教育園。スタッフの温かい見守りのもと、ここ数年雛を孵しているという。昔は俳句会で「鷹」の兼題が出ると、動物園まで行って、檻を見上げながら写生したものだが、現今は都心で野生を観察できるようになったのである。ありがたいことだ。

泳ぎよるなどと鼻歌鯨喰ふ

【季題＝都鳥】

十一月十九日（木）

今日は一茶忌。大正二年という年は本格的に虚子が俳句に復活した年として大切なのだが、その秋、彼は渡邊水巴を伴って信州を旅し、柏原の一茶旧居を訪れている。その折の吟「此秋風のもて来る雪を思ひけり」は、江戸を引き上げて郷里に戻った一茶の心中の不安を思いやってのもの。虚子には後年、屈折した一茶の心情を見事に描いた戯曲「髪を結ふ一茶」があり、初代中村吉右衛門によって演じられた。

背景にスカイツリーや都鳥

十一月二十日（金）　【季題＝鮪】

虚子の代表句に「流れ行く大根の葉の早さかな」がある。この句『虚子編　新歳時記』、「大根」の項の例句には出てこない。なぜなら「大根洗ふ」の項の例句として掲げてあるからである。一見冷徹な写生句のように見えながら、この句の背景には「人の暮らし」という要素が欠かせないのである。

黒鮪ならではよこの身の赤さ

十一月二十一日（土）

【季題＝牡蠣船】

「葉っぱのフレディ」という童話があった。もうちゃんと大人になって、それどころかすでに「老」を自覚する頃に接した記憶がある。「その通り」と思って読んだ。その後随分時間が経って、私自身重篤な病を経て、再び読んだ。また「その通り」と思った。でもどこか、「前の時」とは違う「その通り」だった。

牡蠣船の障子が開きすぐ閉ぢし

十二月二十二日（日）　【季題＝炭焼】

学生の頃、しばらく京都でトラックの運転手をしていたことがある。随分、関西弁にも馴れて普通に？　会話が出来るようになってきていた。ある時、市内を配達中、よろよろっとトラックの前に走ってきた自転車があった。思わず急ブレーキをかけた私は、「バカヤロー」と言ってしまった。驚いたのは隣に座っていた助手の小僧。ビックリして「自分、どこから来たん！」。あの場面では「ドアホ！」と叫ばなければならなかったのだ。人間咄嗟の時にはネイティブな言葉が出てしまうものだと言う。

青き一筋炭焼の煙とよ

十一月二十三日（月）

【季題＝炬燵】

今日は、勤労感謝の日。私の旧作に「グエンさんコさん勤労感謝の日」がある。東南アジアから「技能実習生」の名の下に来日、夜の明ける前から高原のレタス畑で働いている、そんな青年を頭に描いたら、こんな句になった。

もらひ湯を出れば炬燵に招じくれ

十一月二十四日（火）

午後五時のもう真っ暗の風邪寝かな

【季題＝風邪】

大正四年十一月から十二月にかけて修善寺の新井屋に止宿した虚子は、小説「落葉降る下にて」を執筆。その中で一年半前に亡くした娘「六」の「死」に纏わる自責の念から逃れるために、「凡てのものは滅び行く」、そしてこの世の中には「善も悪もない」という信念に辿り着く。人間世界の倫理とはやや異なる、「この世の（自然界の）摂理」に従わざるを得ない時もある、という考えだ。

十一月二十五日（水）　【季題＝セーター】

昔、大塚龍男とパーム・セレナーダスというハワイアンバンドがあった。ややや大人しいが、実に誠実で落ち着いた彼等の演奏が大好きで、銀座のタクトに出ていた時分からファンになり、その後、新大久保、渋谷、横浜の戸部など転々としながら小さなハワイアン・ラウンジを営業するようになると、もう大人になっていた私は、どの店にも足繁く通ったものだ。お客へのサービスで伴奏をしてくれるときなど、舞い上がって歌ったりもした。勿論、カラオケより随分お高くついた。

学芸員紺のセーター地味に着て

十二月二十六日（木）

【季題＝日向ぼこ】

旧暦では十月十二日、今日が「芭蕉忌」。けっこう寒い季節なのだ。芭蕉さんは、大阪で「客死」したということになるのだが、彼の場合はどこで命を閉じても「客死」だったように思える。いや待て、芭蕉さんなら ぬ我々もまた「天地は万物の逆旅、光陰は百代の過客」と思えば、何処で命を落としても「客死」なのだ。そして死ぬ時は「一人」、そのお稽古にと思って、最近、出来るだけ一人旅を心がけている。

とめどなく病気のはなし日向ぼこ

十一月二十七日（金）

【季題＝海鼠】

二十年ほど前、小さなサンルームを建て増した。そのサンルームに薪ストーブを据えた。野中の一軒屋ではないので、ご近所が洗濯物を干しておられる時間帯にストーブは焚けない。したがって「火遊び」を楽しめるのは、夜間か雨の日に限られる。最初は真っ白だったサンルームの壁が、この二十年で煤色になってしまった。その「煤の色」だけ「うれしい時間」があったのだと思って眺めている。

引き上ぐるときに長々海鼠竿

十一月二十八日（土）　【季題＝狩の宿】

「綿虫」。もうそろそろ「白いものが」降ってこようかというような静かな日に、白い綿のような虫が宙に漂う。よく見るとどこか青みを帯びている。地方によっては「雪ばんば」とも呼ぶらしい。また「雪ぼたる」と呼ぶところもあるらしいが、こちらは一寸「素敵すぎて」、少々「気おくれ」してしまう。

まぎれ込みし俳人我等狩の宿

十一月二十九日（日）　　　　　　　　　　【季題＝障子】

私の冬の釣りものは甘鯛。鎌倉沖、水深七十メートルほどのところで、結構釣れる。仕掛けも極く単純で、鱚釣りをやや大がかりにしたようなものだ。それでも北風の強い日などは寒いし、舟もよく揺れる。そろそろ老人らしく大人しい日々を送らねばと思うこともある。

島原の角屋の障子忘れめや

十一月三十日（月）　【季題＝冬の蝶】

今日は荏原病院耳鼻科での診察。診察といっても経過観察というところ。一年半前、咽頭癌の晩期合併症で苦しんでいた頃、それを救ってくれたのが「高気圧酸素治療」だった。一日に一時間半「高気圧酸素」のカプセルに入って「酸素」を体中に行き渡らせるだけのことなのだが、これがすこぶる有効だった。そのカプセルが新型コロナのために今年は停止中だとか。一年の違いで命拾いをしたことになる。

地を慕ひ地を慕ひして冬の蝶

十二月

【季題＝冬帝】

十二月一日（火）

「都鳥」。『伊勢物語』東下りの条で一行が「武蔵の国と下つ総の国との中に、いと大きなる河あり。それをすみだ河といふ」という処まで来て、白い鳥を見かけ、その名を問えば、渡し守は「これなむ宮こどり」と（得意げに）答える。そこで業平は「名にし負はば」と詠むのであるが、なぜ、そんな地の果てのような田舎に「都鳥」などと仰山な名の鳥がいたのかについて永らく読者は疑問を抱かずにいた。そこで私見。彼の鳥の鳴き声は「みゃー、みゃー」。愛称として「みゃーこ」は無理も無きところ。すなわち「みやこどり」。偶然「都」と聞こえるところにこそ悲しさがあったのではあるまいか。我が旧作に「按ずるに「みや」と啼くゆゑ都鳥」とあるのだが、今のところ賛同者はいない。

冬帝のお目こぼしともこの日和

十二月二日（水）

【季題＝冬田】

もう四十年も前、池田弥三郎先生に声をかけていただいて、富山県の大学へ非常勤講師でお手伝いにあがっていたことがあった。それまで日本海側の風土に接することの殆どなかった私にとって、四季折々驚く事ばかりであった。なかでも「鰤起こし」はその最たるもの。冬の最中、沖から次々に黒雲が押し寄せてきて、やがて雷鳴が轟く。これを「鰤起こし」と呼ぶ。さらにはざっと雨粒がおちたり、あげくには霰が跳ねる。こんな荒天の時ほど定置網に入る鰤も多いという。今でもその頃からの俳句仲間達に会いに富山を訪れることがある。

大小の溶岩《ラヴァ》を積みたる冬田かな

十二月三日（木）

【季題＝浮寝鳥】

私の得意な牡蠣料理。三陸産の生食用「牡蠣」を一パック。小さな行平に生醤油を浅く溜めて沸騰させ、そこに生の牡蠣を二三個入れ、醤油が再び沸騰したところで、少し転がしてから取り出す。加熱し過ぎないことがコツ。サラダオイルを少々入れてあるガラス瓶に落とせば、出来上がり。「料理」とも呼べない工程だが、味には定評がある。是非おためし下さい。

朝の日のいたりそめたる浮寝かな

十二月四日（金）　【季題＝短日】

「薬喰」と言えば猪が相場。川向こうの有名な老舗の看板にも猪が描いてある。「鹿」も「熊」もあるにはあったが、率先して喰おうというものでは無かったように思う。私の「熊鍋」の想い出は、琵琶湖に近い余呉の海の民宿。若い俳句仲間数名で合宿をした晩に出た「熊」。これは美味かった。静かに更けてゆく雪の余呉の海の景色と共に、生涯忘れ得ぬものとなった。

手紙書きますと短日帰りゆく

十二月五日（土）　【季題＝冬木立】

いつの年の暮だったか、「顔見世」のチケットが手に入って、夫婦で新幹線に乗って見に行ったことがあった。南座が新しくなる前のことで、存外小ぶりなのに驚いた記憶がある。「曾我の対面」の五郎を愛之助がつとめた。

沿線や冬木立また冬木立

十二月六日（日）

【季題＝枯茨】

喜寿になったことを祝って出版した『喜寿艶』には、虚子が女性を詠んだ句ばかり七十七句を収めてある。「かりに著る女の羽織玉子酒　虚子」の句には「女の許に行つてゐる晩、寒いから玉子酒でもしようといふことになつた。又女はこれでも着ていらつしやいと云つて後ろからその女の羽織をかけてくれた。」との短文が添えられている。小説の一場面のようにも見えるし、虚子の回想ととれなくもない。羨ましいなどという気分は通り越して、呆然としてしまう。

母の家閉ぢてほどへし枯茨

枯蔦は紅の矜持を手放さず

十二月七日（月）　【季題＝枯蔦】

本格的に寒くなってくると、わが家の猫兄妹「ウナ」も「ハモ」も人間の蒲団が恋しくなるらしく、明け方近くなると我々の部屋にやって来る。それが必ず神さんの蒲団に乗って来るのだ。これは心外、私だってちゃんと餌をやっているのに。先日の明け方、神さんに申し入れて蒲団を代わってもらい、「ウナ」・「ハモ」を待つ。森の中の一軒屋で「赤頭巾ちゃん」を待つ狼の心境である。耳を欹てていると、わさわさと音が近づいて来る。そこで「わーっ」と顔を出したのだが、別に驚いた顔もせずに蒲団の上でまるくなった。二匹とも目がわるいのかなあ。一生懸命準備したのに、馬鹿にされたような気分になった。

十二月八日（火）　【季題＝熊祭】

まるまる三年前の今日、慶應病院に入院。病名は「咽頭癌」。翌一月には咽頭の摘出手術が予定されていた。ところがその後、抗ガン剤の効果が著しいとのことで急遽放射線治療に変更、咽頭は温存。生きているだけで「御の字」なのに、「声」も残された。「感謝」以外の言葉はない。

熊祭ショーとや熊を引き具して

十二月九日（水）

【季題＝湯ざめ】

夏目漱石が没したのは大正五年の今日。享年四十九。漱石は親友正岡子規の弟分としての虚子を可愛がり、子規没後は「俳体詩」、「写生文」、「小説」を通して親交を結んだ。ある資料によれば、虚子は「虞美人草」以降の漱石はあまり読まなかった由。漱石と虚子とは結構早い段階から目指すものが異なっていたのかもしれない。

湯冷めして母にかはりて聞く話

十二月十日（木）

【季題＝鰤】

これも暫く京都に暮らしていた頃の話。ある日曜日に比叡山に俳句を作りに出かけたら、雪。虚子の「風流懺法」に出て来る横川まで、無理して歩いた。はじめて訪ねた元三大師堂は閑散としていた。たまたま用があって横川を訪れていた「尼様」のジープに便乗させていただき、完成間近の奥比叡ドライブウェイを東塔までもどった。あの尼様、今頃どうしておられるかしら。実に「おつむり」の形が綺麗な方だった。

大鰤のくねり弾めば黄のをどる

十二月十一日（金）

【季題＝狸】

鎌倉駅東口にロータリーとベンチのあった頃。小学生だった私は、いつもそこで鎌倉山行きのバスを待っていた。ある時同じ鎌倉山に住む、あるお姉さんが「エイちゃん」と声をかけてくれた。お姉さんが立ち去ると、見知らぬお兄さんがやってきて、「あの方とお知り合いですか?」と私に聞いた。「オシリアイ?」その言い方を知らなかった私はなんとなく「お尻」・「合い」という言葉が頭に浮かび、何か「イケナイコト」のように思ってしまった。私は、そのお兄さんに「いいえ」と答えていた。

気弱隠せずよ狸の歩きやう

十二月十二日（土）

【季題＝千鳥】

私が育った鎌倉山の家は、さる歌舞伎役者が別荘として建てたもので、なかなか凝った家だった。その家で忘れがたいのは雨戸の門に貼られた「十二月十二日」という逆さ札。子供心に不思議に思って親に聞いたら、石川五右衛門の命日だと教えてくれた。変なおまじないだなあと思った。まだ子供だったのであの「楼門五三桐」の華麗な舞台を想像することなど出来なかった。

波裏をつらぬき流れ群千鳥

十二月十三日（日）　【季題＝炭団】

中学校三年生の十二月、急性腎臓炎で山王病院に入院した。私の病室は二階の角部屋。その真下が「ニューラテンクオーター」とかいうナイトクラブの入り口だった。

ときどき夜遅く十歳上の兄が見舞に来てくれた。その病室、中三の男の子の入院先として相応しかったかどうか。この病気がきっかけで「文学」に親しむようになってしまった。

肩ならべ炭団連隊干されたる

十二月十四日（月）　【季題＝咳】

「松浦の太鼓」（まつうらのたいこ）は赤穂事件に取材した新作歌舞伎であるが、初代中村吉右衛門が得意としたと言われている。冒頭の雪の両国橋の場面、通行人が滑らないようにゆるゆる歩く姿勢が、いかにもリアリズムで、私は好きだ。

言ひ訳を空咳まじり繰り返す

十二月十五日（火）　【季題＝著ぶくれ】

今日、明日と恒例の世田谷ボロ市が開かれるはずだった。この「ボロ市」、新年にも開かれるので季題としては結構厄介である。何時だったか、ここで「トンビ」（インバネスと呼ぶには気が引ける）を買った。裏に「中村」と刺繍がしてあるが気にしない。本当に寒い日には大いに助かる。

著ぶくれを診察室でほどきゆく

十二月十六日（水）　【季題＝霜】

去年までなら、「忘年会」シーズンの真っ只中、人によっては「忘年会のハシゴ」などということもあったろう。それが、今年は「コロナ」の影響で殆ど開かれてないのではあるまいか。もう半世紀以上前、勤め始めた某高等学校には、基本全員参加の「忘年旅行」なる行事があった。行った先は水上温泉だったか。ともかく職場の先輩達の「酒ぐせ」の悪いのには辟易、心底悲しい気持ちになった。今はそんな理不尽な「忘年旅行」などはあるまい。世の中少しずつは進歩しているらしい。

霜の夜の貨物列車の音とほし

十二月十七日（木）　　　　　　　　　　　　　　　　　　　**【季題＝池普請】**

今宵は浅草の羽子板市。ほろ酔い気分でお気に入りの女の子を連れて出て、羽子板を買ってやるのが「男冥利」ということらしいが、鼻水啜りながら句帳片手に句を拾い歩く「俳人ぐらし」が身についてしまって、絵にも何にもなりはしない。

神の池仏の池も普請中

十二月十八日（金）

【季題＝火事】

その昔、ある俳誌で副主宰をしていた頃、この時期には「煤逃げ」句会という名前の俳句合宿を企画したものだ。会場は葉山森戸海岸のある保養所。二泊三日の俳句三昧。会の名を「煤逃げ」と号する以上「シニア」であることが必須条件、具体的には七十歳未満は「お断り」とした。還暦を疾うに過ぎた大ベテランが、「やっと今年から参加することが出来るようになりました」などと挨拶をしてやんやの喝采を浴びていた。葉山の冬は晴れ続き、句会の終わる時分には富士山の見事なシルエットが茜空に浮かび上がった。

風下へ這ふ船火事の煙かな

十二月十九日（土）　【季題＝水洟】

俳句の季題に「懐手」というのがある。和服を着ている時に袖に腕を通さず、懐の中にしまい込む形、結構だらしのない姿ではある。近年、とんと和服の男性を見かけることが減り、実際にはほとんど目にしない所作ではあるが、例句は存外多い。実際には「腕組み」だったのではないの？　と疑いたくなる例句も無くはない。

水洟をすすりつつ只聴くばかり

十二月二十日（日）

【季題＝冬の蠅】

明日は冬至。二十年以上前、まるまる一年だけ留学させてもらった巴里。住まいは十五区の高層マンション二十四階。広くひらけた東窓には巴里の町の東側の地平線が連なって見える。冬になって日の出が遅くなってくると、毎朝地平線からピカッと現れる朝日を待つ日々が続く。注意して見ると、毎朝日の出の場所はじりじりと南へ移動する。そして「冬至」の朝を境に、今度は北へと戻る。こんな景色を十年も二十年も見ていれば一年が正確に三百六十五日と四分の一であることなど造作もなく判る。一方、それに月の満ち欠けまで加味した「太陰太陽暦」のなんと高度で緻密な「暦」であることか。世の中では「新暦」と呼び、「旧暦」と呼ぶ。「新暦」は私に言わせれば少々「がさつ」である。

ルーペかざしても動かず冬の蠅

十二月二十一日（月）

【季題＝ストーブ】

毎月二十一日は弘法さんの縁日。そして十二月は「しまい弘法」。京都東寺はことのほか賑わう。古道具から新年の準備のものまで。半世紀以上前には、怪しげな「パチンコ台」などもあったっけ。

人待ちて朝のストーブ火がをどる

ことしまた受験生たり縕袍着て

十二月二十二日（火）

【季題＝縕袍】

旧暦の十一月二十二日は近松忌である。戯曲作家、近松門左衛門の忌日。世の中「義理・人情」というが、全く正反対のこの二つの論理に引き裂かれて、男と女は泣くことになり、現実社会は必ず「義理」が通る。しかし「人情」に縋って亡びて行く男女への同情の念は、いつの世にも熱い涙をそそる。判っていながら最後まで観てしまう。

十二月二十三日（水）　【季題＝冬凪】

二十年ほど前、若い連中数人と「おやじ会」と称する小旅行を愉しんだ。ルールは簡単、絶対に「男だけ」で行く。集合時に「合切袋」にお金を入れ合って、あとはその金が無くなるまで「飲んで」「喰う」。事前の調査、合理性、費用対効果を出来るだけ考えない。数年の間に、岐阜の板取温泉、増富鉱泉、黒薙温泉、五浦、階上などなどを訪ねた。雪晴れの八戸線の、がらがらの車内で一人歌を歌っていた少年が忘れられない。高くて澄んだ声だった。

冬凪や薄皮ほどの波もなく

十二月二十四日（木）

【季題＝古暦】

今日は「クリスマス・イブ」。子供の頃通っていたプロテスタントの教会では、毎年、子供達の「聖夜劇」が恒例だった。ヨセフやマリヤは主役で、大人の言う事を聞く「よい子」が抜擢され、東方の三博士も衣裳が良いので人気があった。そして私はといえば、毎年「羊飼い」ばかり。茶色の縞模様の木綿の風呂敷を頭に被るだけの衣裳に、落語の「きゃいのう」ではないが、二三人で「これから、みんなで、おがみにいこう」は今でも言える。

L字鉤ゆるみて久し古暦

十二月二十五日（金）

【季題＝年忘】

今日は蕪村忌。何時だったか茨木和生さんに声をかけていただいて、京都島原角屋で開かれた蕪村忌に参加したことがあった。存じ上げた俳人達も何人か居られて楽しい俳句会だった。それにしても角屋のお座敷のどれも凝って素晴らしかったこと。思い出すたびにため息が洩れる。

パンデミックとやらの年を忘ればや

【季題＝霙】

十二月二十六日（土）

子供達が小さかった頃、何回か仲間を募って「スキーバス」を仕立てた。知り合いの何家族かに声をかけ、高校の教え子達も誘うと、あっという間に三、四十人にはなった。夜遅く新宿をスタート。朝早く志賀高原着。昼間はグループに分かれてスキー、夜は全員でゲームに興じた。ゲレンデの一部を占拠して「運動会」などもした。あの頃は「疲れる」ということが無かった。

すでにして音濡れてゐる霙かな

十二月二十七日（日）

【季題＝冬座敷】

一九九七年。春から巴里で一緒に暮らして、一旦日本に帰国した久美子が再び巴里へやってきた。乳癌の転移が全身の骨に回って、その痛みをモルヒネで抑えての再渡仏だった。巴里での日々は車椅子での移動ではあったがそこそこ楽しい年末年始だった。翌年一月には帰国、再び彼女の入院生活が始まり、四月に私が帰国したときにはもう起きあがることの出来ない状態になっていた。私が彼女と同じ部屋に暮らしたのは、この巴里での一ヶ月弱が本当の最後だった。

許されし苗字帯刀冬座敷

十二月二十八日（月）　【季題＝枯芝】

真冬の夜空を仰ぐと、なんと言ってもオリオン座が一番に目を引く、中でも「ベテルギウス」はその明るさ、赤さ、大きさ、どれをとっても我々の心を引きつける。その「ベテルギウス」が近年どんどん暗くなっていて、それが超新星爆発の予兆ではと言われているらしい。爆発が起きたら、しばらくは月より明るく輝き続けるのだともいう。「ベテルギウス」までの距離は六百四十光年とか。仮に既に室町時代に「爆発」していたとしても、我々はまだ気づかずにいることになるという。我々が心配する話ではないらしい。

手入れせぬ深さのままに芝枯るる

十二月二十九日（火）　【季題＝鴛鴦】

一夜飾りはいけないと子供の頃から言われていたが、気をつけないと毎年ぎりぎりになってしまう。今年も駅前のささやかな年の市で最低限のものは揃えよう。

鴛鴦もまた妻賢さうなるは

十二月三十日（水）　【季題＝年の内】

ここ数年お正月の「おせち」に加えて手製の「ローストビーフ」を焼く。孫達の喜ぶ顔見たさ一心からの大サービスである。葉山の森戸にある「旭屋さん」へ行って「ローストビーフ」用の肉を切り分けてもらい、コショウやニンニクの下拵えを充分に施した後に、フライパンでしっかり焼く。別の機会にこの「ローストビーフ」を料理研究家のMさんに食べてもらったら、「良い肉を焼けば、美味しくなります」とのご高評。一応は褒められたんだろうなあ。

庵主としてなすべきことも年の内

十二月三十一日（木）

【季題＝除夜の鐘】

とうとう大晦日。大晦日といえば大好きな落語がある。それは勿論「芝浜」。落語の上手い下手は判らないが、談志より小三治の方が好きだ。わたしも三年前の咽頭癌以来、ふっつりと禁酒中であるが、今宵、神さんが「飲んでみる？」と言い出したらどうしようかと思ったりする。「やめておこう、また夢になるといけねえ」がオチだが、それにしても、今年一年、まるで「夢でもみているのではないか」と思うほど恐ろしい場面が少なくなかった。さてさて一年間ご愛読下さりまことに有り難う存じました。来年が皆様にとって、良い事ずくめの「夢のような」良い年になりますよう。心からお祈り申し上げます。

除夜の鐘かな父祖の地に生まれ老い

【あとがき】

令和二年の一年間、ふらんす堂さんのホームページに「俳句日記」を楽しく書かせていただいた。年明け早々から「コロナウイルス」の噂が聞こえはじめ、二月には社会的にさまざまの影響が出始めた。結局、予定されていた東京オリンピックは一年間の延期。他にもありとあらゆるイベントが延期・中止の憂き目を見た。

われわれ俳人の活動も俳句会・吟行会を始め大いに影響を受け、結社の活動も思うに任せない状況であった。そんな中だから、「日記」の内容も勢い不活発になりがちで、過去の出来事の回想に耽ることが少なくなく、さぞお目だるいことであったと思う。しかし一方、なかなか出会えない俳句仲間を念頭に置きながら、昔話を楽しむという側面もあり、筆者は毎日が楽しかった。

また、やむを得ず病気の話題が多くなってしまい、お読みいただいても楽しくなかったに相違ないと思うが、現在はすっかり治癒して充実した日々を送っている。なお書名「二十三世」は令和元年八月に就任した大磯鴫立庵二十三世庵主に因んだもの。一年間、心地よい緊張感の中で日々文章を綴り、俳句を詠ませていただいたこと、感謝の気持ちでいっぱいである。

令和三年九月

本井　英

著者略歴

本井　英（もとい・えい）

昭和二十年　　埼玉県草加生まれ。
昭和三十七年　慶應義塾高校在学中、清崎敏郎に師事。俳句を始める。
昭和三十九年　慶應義塾大学入学。「慶大俳句」に入部。俳誌「玉藻」入会。星野立子に師事。
昭和四十年　　「笹子会」入会。
昭和四十九年　「玉藻研究座談会」に加入。
昭和五十九年　俳誌「晴居」入会。高木晴子に師事。
昭和六十三年　俳誌「惜春」入会。
平成十一年　　同人誌「珊」参加。
平成十八年　　三十五年奉職した慶應義塾志木高校を退職。逗子の自宅にて「日盛会」開催。「惜春」退会。
平成十九年　　俳誌「夏潮」創刊主宰。
令和元年　　　大磯鴫立庵二十三世庵主就任。
句集に『本井英句集』『夏潮』『八月』『開落去来』
著作に『高浜虚子』（蝸牛俳句文庫）『虚子「渡仏日記」紀行』『本井英集』（自註現代俳句シリーズ）『虚子散文の世界へ』

二十三世 nijyusansei 本井 英 Motoi Ei

二〇二一年一〇月二〇日刊行
発行人―山岡喜美子
発行所―ふらんす堂
〒182-0002 東京都調布市仙川町1-15-38-2F
tel 03-3326-9061 fax 03-3326-6919
url www.furansudo.com/ email info@furansudo.com
装丁―和 兎
印刷―日本ハイコム㈱
製本―㈱新広社
定価―二二〇〇円+税
ISBN978-4-7814-1411-9 C0092 ¥2200E

2013 顔見世　井上弘美
kaomise　Inoue Hiromi

2014 掌をかざす　小川軽舟
te wo kazasu　Ogawa Keisyu

2015 昨日の花今日の花　片山由美子
kinounohana kyounohana　Katayama Yumiko

2016 閏　稲畑廣太郎
uruu　Inahata Kotaro

2017 自由切符　西村和子
jiyuukippu　Nishimura Kazuko

2018 そして、今　大牧 広
soshite, ima　Oomaki Hiroshi

俳句日記シリーズ　定価2200円＋税　以下続刊